中野「薬師湯」雑記帳

上田健次

朝日文庫

本書は書き下ろしです。

目次

中野「薬師湯」雑記帳

序

　東京行きの中央線快速は高架の上を走っている。そのお陰で窓の外には遥《はる》か彼方《かなた》まで建物で埋め尽くされた景色が広がり、地理で習った関東平野を実感させる。

　窓に額を押し付けて見呆《みほう》けている僕は、どこから見ても田舎者丸出しだろう。でも、そんなことが気にならないぐらいに車窓からの眺めは素晴らしい。

　本当は呑気《のんき》に景色を楽しんでいる場合ではない。もう少し焦らなければならないはずだ。けれども、僕は「なんとかなる」と心の底で思い込んでいた。後々になって分かることだけれど、この直感は当たっていた。

　二浪の末に希望の大学に合格した僕は部屋を探しに上京した。昨日は世田谷《せたがや》方面を、そして今日は朝から荻窪《おぎくぼ》と高円寺《こうえんじ》の不動産業者を回ったが、どうもピンとこなかった。ネットで目星をつけていた部屋は全て契約されており、「こんな物件はいかがですか？」と紹介された所は、どれもちょっと違う気がした。

《次は〝なかの〟です。ザ ネクスト ステイション イズ ナカノ。ＪＣ06》

車内アナウンスをぼんやり聞いていると、前方に大きなサンドイッチのような建物が見えてきた。確かあれは中野《なかの》サンプラザだ。

「うわぁ」

思わず零《こぼ》れた声に、我ながら少しばかり恥ずかしかった。時計を見れば午後一時を過ぎている。朝食を口にしてから随分と経《た》っていて、お腹《なか》も減った。そうだ、中野で降りてみよう。駅の周りにはきっと不動産屋もあるだろう。それに確か有名なラーメン店がいくつかあったはず。

電車のドアが開くと、思っていたよりも大勢が下車し、改札へ向かう人、乗り換えホームへと急ぐ人と二方向に大きな流れができた。けれど、東京に慣れていない僕は、その流れに乗りそびれ、ホームの端へと押し出されてしまった。

濁流のような人の流れが目の前を通り過ぎるのを呆然《ぼうぜん》として待っていると、ホームに設置されたベンチに目が留まった。その三人掛けのベンチは、線路と垂直になるようにして置いてあった。しかも前後に二台ならべて。僕の地元では、ベンチは線路の方を向いて横並びに置いてある。こんな置き方が東京では一般的なのだろうか？

その変な置き方のベンチの左端に、一人の男の人が座っていた。いや、『座っている』などと言うよりも、『へたり込んでいる』と表現する方が正しいだろう。腰はかろうじて座面に乗っかっているが、上半身は真ん中の席にうつぶせに倒れ込み、さらにバンザイするように伸びた両腕は右端の背もたれに引っかかっている。長い髪で顔が隠れているが、何かを呟《つぶや》いているように口は小さく動いている。眉間に皺《しわ》がよっていて苦しそうだ。

「あっ、あの……、だ、大丈夫ですか？」

恐る恐る声をかけてみた。周りの人たちは目に入らないのか、みんな黙って通り過ぎて行く。話に聞いてはいたが、東京の人が周囲に無関心なのは本当のようだ。僕の地元だったら、とっくに人だかりができていて、場合によったら救急車ぐらい呼んでしまっているかもしれない。

「……うん？」

小さく返事をしてくれたが、それっきりだ。

「気分でも悪いんですか？　駅員さんを呼んできましょうか？」

あらためて声をかけてみたけれど、ちょうど鳴り始めた発車メロディにかき消されてしまった。思わず溜《た》め息《いき》が漏れる。

不意に男の人は姿勢を正し、すっくと立ち上がった。ベンチにしなだれていたので気づかなかったが、すらっと背が高い。

数歩進んだかと思うと、すぐに後ずさりして元の席にストンと腰を下ろした。

「あの、大丈夫ですか？」

男の人は背もたれに体を預け、手足を伸ばすと首だけを左右に小さく振った。

「ダメだね……」

「え？　すっ、すぐ駅員さんを呼んできます。そのまま、そのままですよ」

慌てる僕に大きく首を振ると、顔をしかめた。

「なぁ、ただでさえ頭がガンガンするんだ。あんまり首を振らせないでくれよ」

「すみません。けど……、大丈夫なんですか？」

男の人は口の端に笑みを浮かべて小さく頷《うなず》いた。

「ダメはダメだけど、大丈夫と言えば大丈夫。なんせ、ただの二日酔いだから」

ヘロヘロな口調ながらも、その人は僕の目から見ても美形で、いかにも『東京の人！』といった格好よさがあった。モノトーンのスーツとシャツにちょっと凝《こ》ったデザインのコートを羽織《はお》り、足下のブーツも洒落《しゃれ》ている。

「すまんが青年、これを使って、そこの自販機でスポーツドリンクを買ってくれないか。ああ、礼と言ってはなんだが、君も何か好きな物を買っていいよ」

スマホを取り出すと、画面をタップして決済アプリを表示し僕に差し出した。

「はぁ……」

言われるがままにペットボトルをひとつ買い、スマホと一緒に渡す。

「なんだ、君の分はいいのかい？」

「ええ、水筒を持ってます。ホテルを出る時にお茶を詰めてくれました」

そう、東京にも親切な人はいた。宿泊しているビジネスホテルには、一階に小さな軽食コーナーがあり、モーニングセットが宿泊料に含まれていた。ぼんやりと外の様子を眺めながら食べていると、給仕係のおばさんが「水筒をお持ちなら、お茶を詰めますけど、いかがですか？」と声をかけてくれた。

「ホテル？　なんだ青年は旅行中か。すまんね、旅の途中に」

男の人は、そう口にしながらペットボトルのキャップを捻《ひね》った。どうやら指先に力を込めると頭が痛むようで、眉間に皺をよせて小さく唸《うな》る。ようやくキャップを開けると、半分ほどの量を喉を鳴らして飲んだ。

僕は隣の席に腰を下ろし、リュックから取り出した水筒のお茶を口にした。すっかり温《ぬる》くなっているけれど、ほうじ茶のやさしい味にほっとした。

「旅行ってほどでもないんですけど……。来月から東京で一人暮らしをするので、部屋探しです。……でも、どうにも、ここだって所に出会えなくて」

溜め息と一緒に僕は愚痴を零してしまった。出会ったばかりの人なのに、なぜだか僕の口は何時《いつ》もより軽かった。

男の人は「ピュー」と短く口笛を吹くと、大きく笑みを浮かべた。

「青年！　君は実に運が良い！」

「……はぁ」

芝居がかった口調で言われたけれど、まったく意味が分からない。呆けた顔をしている僕を眺めながらスポーツドリンクの残りを飲み干すと、男の人は姿勢を正した。

「ありがとう、俺みたいな酔っぱらいを心配してくれて。週に一回はこうやってどこかのベンチでぶっ倒れているけど、君みたいに駅員や警官でもないのに声をかけてくれた人は初めてだよ。ああ、そう言えば中野駅のベンチで寝たのは初めてかも。普段は新《しん》宿《じゅく》か大久保《おおくぼ》あたりで行き倒れてるから」

「心配になったんで。でも良かったです、大丈夫そうで」

僕は水筒をリュックに仕舞うとベンチから立った。「じゃあ」と声をかけようとした時だった。

「おっと、ちょっと待った。ついでと言っちゃあなんだけど、これから、もう少しだけ俺に付き合ってくれよ。損はさせないからさ」

そう言うなり男の人は、すっくと立ち上がった。今度はふらつくこともなく、ゆっくりとした足取りで自販機の隣に置かれた回収ボックスにペットボトルを放り込むと、僕の方に向き直った。

「さあ、少しばかり寄り道をしようぜ」

さっきもそうだったけれど、この人のセリフや身のこなしは芝居がかっている。けれど、それが不思議と格好良い。思わず「はい」と返事をし、催眠術でもかけられたように僕はあとをついて行った。

「ひとり暮らしはさておき、蓮《れん》は東京に来るのも初めて？」

男の人は改札を出るなり「俺、蛙石倫次《かわずいしりんじ》。どういう訳だか、昔から周りのみんなからはケロって呼ばれてる。だから君もケロでいいからね」と教えてくれた。

その流れで僕も名乗ると「手塚《てづか》蓮かぁ……。初対面でなんだけど、いかにも蓮って雰囲気だよね。じゃあ、蓮って下の名前で呼ばせてもらうね」と一方的に宣言した。この距離感の縮め方は何だろう？　とてもではないが僕には真似《まね》ができない。かと言って嫌な感じはまったくしない。

「東京には遊びでなら、何度か来たことはあります。アキバとか池袋《いけぶくろ》なんかに」

「ふーん、じゃあ、中野は初めて？」

「はい」

僕の返事に頷きながら「このアーケードはサンモールって言うんだ。で、ここから先が中野ブロードウェイ」と教えてくれた。本当はブロードウェイにある有名なサブカルショップに立ち寄ってみたかったけど、とりあえず黙っておいた。

ブロードウェイの一階はごく普通のアーケード街といった感じだけれど、二階を行き来する人が時々見えたり、三階に直通する長いエスカレーターがあったり、ちょっと不思議な雰囲気だった。

ブロードウェイをでると、バスが往来する通りにぶつかり、右に折れた。

「これは、早稲田《わせだ》通りだよ」

「へぇ……。じゃあ、これをずっと真《ま》っ直《す》ぐ行くと早稲田大学があるんですか？」

ケロは小さく肩をすくめると「うーん、どうだろう。試したことはないけど。とりあえず早稲田の方には行くんだろうね」と笑いながら適当な返事をしてくれた。

最初の信号で早稲田通りを渡ると『薬師《やくし》あいロード』という看板を掲げたゲートがあり、その先は、いくつもの店が立ち並ぶ商店街だった。

家具店に焼き鳥や揚げ物などの惣菜《そうざい》店、履物《はきもの》店、それに美容室、干物《ひもの》店、呉服店、肉や魚、酒といった食材を扱う店に和菓子店……。どれも軒先まで商品を並べ、店員とお客さんは顔見知りばかりのようで楽し気に話をしている。ところどころに新しい顔ぶれと思《おぼ》しきカフェや居酒屋などの飲食店もちらほら。ぶらぶらと歩いたら楽しそうだ。

「商店街を抜けると、その先に新井《あらい》薬師ってお寺さんがあるんだ。正しくは梅照院《ばいしょういん》って名前なんだけど、みんな新井薬師とか薬師様って呼んでる」

「だから商店街も『薬師あいロード』なんですね」

商店街の真ん中あたりで一本の路地に入り、少しばかり進むとケロが足を止めた。

「ほら、ここ」

そこには昭和の雰囲気を残す銭湯があった。

「あぁ……」

その立派な佇《たたず》まいに思わず溜め息が零れた。

「唐破風《からはふ》と千鳥《ちどり》破風の二段構えの正面なんて、今どきあんまりないと思うよ。ましてや二十三区内にさ。しかも見ての通り、どでかい煙突を構えて、いまだに湯船に張るお湯は薪《まき》で沸かしてるんだ、ここ薬師湯はね」

「薬師湯……ですか」

ケロは「うん」と答えると、「さ、こっち」と手招きをした。正面は戸が閉ざされ、暖簾《のれん》もかかっていなかった。左右には木塀があり、それぞれ腰ぐらいの高さの潜《くぐ》り戸《ど》があった。ケロは左の潜り戸を開けると腰を屈《かが》めて入って行った。どうしたものかと躊躇《ちゅうちょ》していると、顔を出し「何やってんの？　さ、こっちこっち」と手招きした。

慌てて木戸をくぐると、そこには本格的な庭が設《しつら》えてあった。

「そこ、閉めてくんない？」

言われるままに後ろ手で戸を閉めると、ケロの背中は少し先の飛び石の上にあった。慌てて追いかけながら右手に見えるガラス戸の中を覗《のぞ》き込んだ。どうやら僕らは銭湯の庭を横切っているようだ。

建物の中に目を凝らすと、コーヒー牛乳やフルーツ牛乳の納められたガラス張りの冷蔵庫、古めかしいデザインのマッサージチェアなどが見える。

庭の先には建物に沿って細い通路があり、そこを抜けると裏手にでた。そこには作業小屋があり、人がひとり立っていた。

「こら！ ケロ、また朝帰りか」

「ああ、シゲさん。おはよう」

シゲさんと呼ばれた人は灰色の作業着に紺色の前掛けをしていた。軍手をはめた手に鉈《なた》を持ち、周囲には木片が散らばっている。何歳ぐらいだろう？ 老人と呼ぶには少し早いが、中年では足りない。それにしても、僕の地元でさえ、鉈を手にしている人なんて滅多に見ることはない。ましてや東京のど真ん中では珍しいだろう。

「なにが、おはようだ。とっくの昔に昼は過ぎたぞ、まったく」

「シゲさんこそ何を言ってんの。ほら、仁《じん》ちゃんの代わりを見つけてきたんだってば」

ケロは生贄《いけにえ》でも差し出すように僕の背中を押した。

「そうなのか？」

シゲさんの問い掛けに、僕は慌てて首をふった。

「えっと、あっと。……あの、僕、よく事情が飲み込めてなくて」

「何を大騒ぎしてるんです？」

不意に作業小屋の隣にある建物の引き戸が開いた。

「あっ、オカミさん。おはようございます」

ケロが慌てて頭を下げた。つられて僕も頭を下げる。

「もう、ケロちゃんったら。帰りが遅くなるんだったらＬＩＮＥでも何でもいいから連絡をちょうだいって何回言わせれば気が済むの？　心配するじゃない」

中から出てきた女性は、僕の母よりひと回り上といった年格好だけど、とてもきれいな人だった。眉根をよせていたが、僕に気が付いたようで表情が少し変わった。

「あら、お客さん？　ケロちゃんのお友達かしら」

「オカミさん、ちょうど良かった。ほら、仁ちゃんが使ってた部屋、まだ次の人、決まってなかったでしょ？　彼、大学に通うために部屋を探してるんだって」

「部屋？」

僕は思わず聞き返してしまった。

「なんだ、ケロ、ちゃんと説明もしないで連れてきたのか？」

「うーん、だってさぁ、説明するより実際に見てもらった方が早いじゃん？　それに、オカミさんにも会わせないと、俺が勝手に決める訳にもいかないし」

開き直ったケロに呆《あき》れたシゲさんが「ったく」と零す。その声に重なるようにして僕のお腹が鳴った。

「あらあら、もしかしてお昼ご飯まだなの？　だったら、上がって、何か用意するわ。ケロちゃんはどうするの？　でも、まあ、どう見たって二日酔いみたいだから食べないんだろうけど」

「食べないんじゃなくて、食べられないです。正しく言えば」

変な調子で胸を張るケロにオカミさんが笑った。

「まあ、それだけ減らず口が叩《たた》けるなら、大したことはないわね。それにしても、まだ朝晩は寒いんだから、変なところで寝ちゃったら風邪を引くわよ」

オカミさんはそう零すと「さあ、上がんなさい」と付け加えて顔を引っ込めた。ケロは「すみませんねぇ」と頭を掻《か》きながら建物の中へと入って行った。

「さっ、君も上がりな、オカミさんが何か食わしてくれる。食べながら説明を聞いて、よく考えることだ。どうせケロに無理矢理引っ張られてきたんだろうから。まあ、悪い話ではないと思うけどね」

僕は慌てて頭を下げた。

「ありがとうございます」

「なに、俺に礼を言うことはないよ。ああ、俺は本田滋《ほんだしげる》。みんなからはシゲさんって呼ばれてる。よろしくな」

「手塚蓮です。よろしくお願いします」

シゲさんはニコニコしながら頷くと「さあ、はやく入りな」と促した。

玄関口で靴を脱いで上がると、そこは左右に延びる廊下のちょうど真ん中あたりだった。左右それぞれの廊下の先には、少し急な階段があるようだ。廊下に面した部屋には型板ガラスの入った障子がならんでいて、それは大きく開け放たれていた。

部屋には十人ぐらいがゆったりと掛けられそうな大きなテーブルが真ん中に置かれ、右奥には六畳ほどの小上がりがあった。左奥は大きな暖簾で仕切られていて、中を見通すことはできないが、どうやら台所のようで美味《おい》しそうな匂いがした。

「ねぇ、そこのテーブルの好きなところに座って。大急ぎで用意するから」

暖簾の間から顔を出したオカミさんがそう言ってくれた。どこに行ったのかケロの姿は見えない。仕方がないのでリュックを降ろし、一番手前の椅子に腰かけた。

あらためて部屋を見渡してみる。かなり古い建物のようだけど、よく掃除がされていて古民家のような風情がある。大きな食器棚が一つに本棚が二つ。小上がりには背の低い整理簞笥《だんす》があり、その上にはたくさんのフォトフレームが飾られていた。近寄ってみると、銭湯の入口をバックにした集合写真や、どこか旅行に出かけた際に撮影したと思しき記念写真、それに花見だろうか、桜の木を背景にした写真などがならべられていた。

本棚の上半分には文庫本や漫画などが雑多に詰め込んであったが、下半分にはB5サイズの大学ノートがびっしりとならべてあった。どの背表紙にも丁寧な字で『薬師湯雑記帳』と書いてあり、合わせて通し番号と書き始めた日付と思しき数字が記されていた。

その一冊に手を伸ばしかけたところだった。不意に声がかけられた。

「はい、お待たせ」

振り向くと、オカミさんが大きなお盆を抱えて台所から出てくるところだった。

「はい、作り置きを温め直したものばかりで悪いんだけど……。ご飯とお味噌汁《みそしる》はお代わりがあるから、たくさん食べてね」

オカミさんは僕の前に真っ白な皿を置いた。その皿には、美味《うま》そうなソースを纏《まと》ったハンバーグが真ん中に鎮座し、付け合わせのジャガイモやニンジン、インゲンは丁寧に形が揃《そろ》えてあって、まるでレストランみたいだ。

さらに、ひじきの煮物にホウレン草のお浸し、割り干し大根の漬物と小鉢が三つもあった。そして大振りの茶碗《ちゃわん》にたっぷりとよそわれたご飯に味噌汁。具はわかめと豆腐だった。

「いただきます」

僕は頭を下げると、箸を手にとった。けれど、よく考えたら、僕はオカミさんに名乗ってもいないことに気が付いた。慌てて箸を戻すと、席を立ち頭を下げた。

「すみません、自己紹介もしてませんでした。手塚蓮と言います。お邪魔します」

オカミさんは驚いた様子で口を小さく開けると、噴き出すようにして笑った。

「なんて礼儀正しい子かしら。今どき珍しいかも。しかも、そんな子をケロちゃんが見つけて来たって言うんだから、びっくりだわ。へぇ、本当に驚いた。ああ、ごめんなさい。私も挨拶してなかったわね。鈴原京子《すずはらきょうこ》です。ここ薬師湯の主人です、よろしくね。えーっと、蓮君？　で、いいわよね。さあ座って、食事が冷めちゃうわ」

オカミさんは僕を座らせると、向い側に腰を下ろした。

「……あの、ケロはどこへ行ったんでしょう？」

やっぱり気になったので聞いてみた。

「うん？　ああ、自分の部屋よ。多分、夕方まで起きてこないわ。ほら、召し上がれ」

「じゃあ、いただきます」

僕が頭を下げると柔らかな声で「はい、どうぞ」と返してくれた。

まず、味噌汁に口を付けた。出汁《だし》がよく利いて、どこかほっとする味だった。思わず

「美味しい」と呟いた。

「良かった。商店街にお味噌の専門店があるのよ、もう何十年もそこのを使ってるの。毎日いただくものでしょ？　お味噌汁って。だから、蓮君の口に合わなかったらどうしようって思っちゃった」

「毎日？　ですか」

「もう、ケロちゃんは何にも説明してないのね……。まったく困った子ね」

そう零しつつも、オカミさんの表情はにこやかだった。きっと、ケロのことが可愛《かわい》くて仕方がないのだろう。

「あのね、うちは見ての通り銭湯を営んでるんだけど、細々《こまごま》とした仕事がたくさんあるのよ。シゲさんが水回りの面倒事は一手に引き受けてくれてるけど、洗い場や脱衣所の掃除やら、営業時間中の接客やらって、結構人手が必要なの。それに薪の準備とか釜の番やら。そんな訳で薬師湯を手伝ってくれるのを条件に、若い人たちに部屋を無料で貸してるのよ。もちろん水道光熱費も一切不要だし、朝と晩は御飯を用意する」

「へぇ……」

返事をしながら味噌汁のお椀を置くと茶碗を手にし、箸でハンバーグを切り分けて口に運んだ。それは、しっかりと肉の味がする逸品で、行儀が悪いと分かっているのにご飯をかき込まずにはいられなかった。

「自分で作っておいてあれだけど、美味しいでしょ？」

口一杯に頬張ってて声が出せず、首を縦に振るしかなかった。

「私の腕前を自慢してる訳じゃないのよ、美味しいハンバーグを作るコツはね、挽《ひ》きたてのお肉を仕入れてくることなの。近所になんでも頼める精肉店があると便利よ。あとは、そうねぇ、玉ねぎを根気よく飴《あめ》色になるまで炒《いた》める手間を省かないことかな。そうすれば誰だって美味しく作れるわ」

何か気の利いた返事をするところだろうけど、僕は箸を止めることができず、二切れ目を口に放り込むと、またしてもご飯をかき込んだ。気が付けば二切れのハンバーグで大盛りのご飯一膳が消えてしまった。

「やっぱり、若い子がものすごい勢いでご飯を食べるのを見るのは気持ちがいいわ。お代わりもさっきと同じぐらいよそっても大丈夫でしょ？　さぁ、お茶碗を貸してちょうだい」

オカミさんは僕から茶碗を受け取ると、笑いながら暖簾の向こうへ行った。待っている間にひじきの煮物とホウレン草のお浸しを摘まんでみた。どちらも控え目の味付けで、素材そのものの味を楽しむことができた。

「はい、お待たせ。三杯でも四杯でも大丈夫だからね」

両手で受け取ると、すぐにガツガツと食べ進む。

「そのまま聞いてね。ケロちゃんがさっき言ってたけど、先月まで仁君っていう大学生がケロちゃんの隣の部屋にいたのよ。でも、四月から大阪の会社に就職することが決まって、ここから出てしまったの。ああ、別に社会人になってもうちは居てくれて構わないんだけど、さすがにここから大阪に通勤する訳にはいかないから」

質問しようとして思わず喉を詰まらせた。胸をトントンやりながらやっとの思いで声を出した。

「あの、手伝いって、どれぐらいのことをすればいいんですか?」

「うーん、あんまりちゃんと計ったことはないんだけど……。そうねぇ、四時間ぐらいかしら、一日あたり。フロントで入浴料をいただいたり、物販をしてもらったりするのが、一時間から二時間ぐらい。あと、営業前の準備と、終わってからの掃除かな。洗い場と脱衣所を毎日隅々まで掃除するから。それが二時間ぐらい。あと、シゲさんの手伝いを昼間に一時間ってとこかしら。日によって波があるけど、まあ、どんなに長くても五時間ぐらいかしら、全部あわせて」

中野駅から近くて、一日四時間ほど働くだけで部屋代不要。しかも、こんなに美味しい食事付きなら、かなり良い条件かもしれない。

「あの、お休みって、どうなってるんですか?」

「うん? ああ、第一と第三の月曜日は休業だから、仕事はないわ。もちろん、体調が悪かったり、何か用事があったら無理は言わない。常連のお客さんに声をかければ手伝ってくれるから、何とかなるし。もちろん手伝ってくれた人には無料入浴券を渡すんだけどね」

話を聞きながら箸を動かし続けていると、いつの間にか食事はきれいになくなってしまった。

「ごちそうさまでした。とても美味しかったです」

僕は箸を置くと頭を下げた。オカミさんは笑いながら「お粗末様でした。けど、食べっぷりを見る限り、うちの料理で大丈夫そうね。何と言っても食事は大切だから。かといって口に合わないものを食べ続けるなんて無理だろうしね」と返してくれた。

「こんなに美味しいのに口に合わない人なんているんですか？」

「まぁ、上手。ホストのケロちゃんより、よっぽど蓮君の方が愛想がいいわ」

「ホストなんですか？　ケロって」

オカミさんは急須に茶葉を入れると魔法瓶からお湯を注いだ。

「あら、知らなかった？　まあ、それはお金を稼ぐためのアルバイトなんだけどね……。あの子はアーティスト志望で、絵を描いてみたり、音楽活動をやってみたり。最近は動画作品をアップしたりって、あれこれ試してるんだけど、どうにも今ひとつ芽がでなくて……。あっ、そもそも、二人はどんな関係なの？」

僕は中野駅で知り合ったばかりであることを簡単に話した。

「へぇー、そう。なんか、すごいわね。けど、きっと何かを感じたのねケロちゃんは。ふーん、そっかぁ。けど、そんなのもいいわね。若いうちでないと、そんな出会いなんてできないでしょう？」

お茶を注《つ》いだ大きな湯呑《ゆの》みを僕の前に差し出しながら、オカミさんはしみじみとした顔で頷いた。僕は、ふと気が付いたことを尋ねてみた。

「あの、ケロだけですか？　ここにお世話になっているのって……」

何となくだけど、ケロとはうまくやれそうな気がしていた。それにオカミさんやシゲさんとも。

けれど、他にどんな人がいるのかは、やっぱり少し心配だった。だって、本当の僕は人見知りなのだ。よくも見ず知らずのケロに声をかけ、誘われるままに薬師湯にたどり着き、図々《ずうずう》しくも上がり込んでお昼ご飯までごちそうになったものだと我ながら驚いている。

「ああ、ごめんなさい。男の人はシゲさんとケロちゃんだけよ。で、来てくれるんなら蓮君と合わせて三人。さしずめ、薬師湯三人衆ってとこかしら。あとは女の子が二人いるわ。ひとりはブロードウェイのサブカルショップだったっけ？　古い漫画とかアニメのフィギュアとかを扱ってるお店で昼間は働いてる声優の卵で、マレーシアから来た子。えーっと李雨桐《リー・ユートン》って名前なんだけど……。何時まで経っても、私はぜんぜん正しく発音《さ》できないんだけどね。普段はみんなユーちゃんって呼んでる。それと美容師の見習で佐山葵《やまあおい》ちゃんって子がいるわ、こちらは普通に葵ちゃん。で、私を合わせて、薬師湯三人娘って呼ばれてるのよ」

「……へぇ」

「もう、オカミさんも娘のひとりに数えるんですか？　ってつっ込むところなのよ。って、無理か」

朗らかに笑いながらオカミさんは話を続けた。

「心配しなくて大丈夫よ、二人ともとってもいい子だから。それに部屋は男性が二階、女性は三階って分けてあるし。そもそも二階には玄関右側の階段から、三階には反対の左側からしか上がれないようになってるのよ」

オカミさんはふと気付いたように時計を見た。

「あら、やだ。ついつい話し込んじゃって。さ、部屋を見に行きましょう。食べ終わった食器だけど、今日はそのまま置いといて。正式に加わってもらったら片付け方を教えるから」

そう言い置くとオカミさんは先に立って二階にあがる階段へと足を向けた。

かなり急な階段は踏むたびにミシミシと軋《きし》んだ。二階の廊下は窓から差し込む日の光で薄《うっす》らと照らされ、突き当たりまですっと延び、窓が三つあった。真ん中の窓際には蛇口が三つもついた大きなステンレスの流しが設置されていた。

「手前の三号室がケロちゃんの部屋、で反対側の一号室がシゲさん、真ん中の二号室が空き部屋なの」

部屋の入口は引き戸で、一階の障子にはめられていたものとデザインの異なる型板ガラスが上半分に使われていた。

「作り付けのベッドと机があるから狭く見えるけど六畳あるわ。それとクローゼットはここ。これぐらいの大きさがあれば、ひとり分の洋服と荷物は楽に収まると思うわ」

板張りの床は長年丁寧に掃除がされてきたのだろう、鈍い輝きを放っていた。

「トイレは階段の脇にあるわ。洗面台は廊下のを使ってちょうだい。お風呂は混んでない時間帯を選んでくれれば、好きな時に入り放題よ。まあ、でも、営業が終わって洗い場と脱衣所の掃除をしたら夏なんかは汗だくになるから、またシャワーを浴びないとダメなんだけどね。この建物の一階にシャワー室があるから」

部屋の窓を開けると瓦やトタンの屋根がつづき、その先に大通りの並木が見えた。少しばかり風が出てきたようで、ゆっくりと木々の枝が揺れている。その穏やかな景色を見ていたら、なぜだかここで暮らしてみたくなった。

「ここ、ここにします。こちらにお世話になります」

窓からふり返ると、僕はそう口にした。オカミさんはやさし気な笑みを浮かべて深く頷いた。


外にでると、日は傾きつつあった。三月とはいえ、まだ日は短い。

「じゃあ、引っ越しの日にちが決まったら連絡をちょうだい」

見送りに来てくれたオカミさんがポケットからマッチ箱を取り出すと渡してくれた。

「住所と電話番号はそこに書いてあるから。もちろん、さっき渡した書類にも書いてあるけど、紙なんて、どっかに紛れて探すのが大変だったりするでしょ？　マッチはそんな心配が少ないわ」

渡されたマッチは切り絵だろうか、二重の破風と瓦屋根から突き出た煙突が描かれ、たなびく煙に『薬師湯』と書かれていた。裏面には住所と電話番号、それにホームページのURLがちょっと懐かしいフォントで記されている。

「マッチ、ですか。小学校の理科でアルコールランプに火を点《つ》けて以来、使ったことがないです」

「無理もないわ。煙草《たばこ》でも吸わない限り、マッチやライターなんて必要ないでしょうからね。それに、今は電子タバコだっけ？　あんなのもあるから煙草を吸う人でもいらないかも。うちはシゲさんのこだわりで釜の火入れに必ずマッチを使うの。それに多くの常連さんの家にはお仏壇があるから、蠟燭《ろうそく》を灯《とも》すのに使うの。だから、あげると喜んでくれるのよ」

今どき、喫茶店でもマッチなんて配っているところは珍しいと思う。けど、その洒落たマッチをもらえて、僕はなんだか嬉《うれ》しかった。

「帰るのか？」

作業小屋からシゲさんが顔を出した。シゲさんの後には薪がくべられた釜があるようで、ちらちらとオレンジ色の光が瞬いていた。

「はい、準備ができたら引っ越してきます。その時はよろしくお願いします」

「ああ、こちらこそ、よろしく」

シゲさんからは煙の匂いがした。それはなんだか、ほっとする匂いだった。釜からはパチパチと薪が爆《は》ぜる音がして、ゆったりと温かな空気が漂ってきた。

建屋の脇を通り抜け、飛び石を渡り、潜り戸を抜けて薬師湯の入口に戻ってきた。

「中野駅に着く時間を教えてくれたら改札まで迎えに行くわ」

「いえ、こんなに分かりやすい道もありませんから大丈夫です。ひとりで来れると思います。もし道に迷っても地図アプリがありますし」

僕はスマホを取り出した。

「うーん、まあ、そうねぇ。なんだか味気ないけど……、まあ、いいや。もし迷子になったら周りをよく見渡して。きっとうちの煙突が見えるはずだから。その煙突を目指して歩けば、たどり着くわ」

オカミさんは薬師湯をふり返った。視線の先に煙を勢いよく吐き出す煙突があった。

＊　＊　＊　＊

三月十日（火）　天気：曇りのち晴れ　記入：鈴原京子

朝帰り（実際は御昼《おひる》を過ぎてたから昼帰りが正しいんだろうけど）のケロちゃんが、この春大学生になる男の子を連れてきてくれた。名前は手塚蓮君。割と美男子で礼儀正しく、ご飯の食べっぷりも気持ち良い。

仁君が卒業してしまって、なかなか後が決まらなかったけれど、これで一安心。一週間から十日ほどで準備を整えて引っ越してくる予定。

夜、帰ってきた葵ちゃんとユーちゃんに蓮君の話をする。二人とも第一声は「イケメン？」。私が「まあ、そうね。今どきの子って感じで、シュッとしてた」と答えると、二人そろって訝《いぶか》し気な顔。「オカミさんは、誰を見ても男前って言うからな」とユーちゃん。「そうだなぁ……。前にうちの担当だった宅配便のセールスドライバーさんを、めっちゃカッコいい！　って大騒ぎするから、どんな人かと思ったら、普通のおじさんだったしね」と葵ちゃん。なら、聞くなよ！　と思う。

とりあえず仁君が抜けて、少し寂しかった薬師湯に活気が戻りそうで、ちょっとほっとした一日でした。

春

「じゃあ、開けましょうかね」

オカミさんの朗らかな声に柱時計を見やると、もうすぐ午後四時だった。『田毎《たごと》』という柄の型板ガラスに金文字で「薬師湯」と書かれた引き戸を開け、竹竿《たけざお》に掛けた大きな暖簾を表に出す。

暖簾は四季ごとに意匠が異なるものを用意しているそうで、もうじき桜が開花するであろう今の季節は、山吹から黄、そして淡い桜色へと左下から右上へとグラデーションを描きながら移りゆく地の上に、数本の筆跡で春風を表したものになっている。

入口の近くには、すでに何人かの常連さんたちが待っていて、僕が暖簾をかけ終える様子をのんびりと眺めていた。

「入っていいかい？」

真っ白な髪を短く刈ったお客さんが、暖簾を掲げる僕の手元を見守っていたオカミさんに声をかけた。

「はい、どうぞ。お待たせしました。今日も丸《まる》さんが一番乗りね」

愛想の良いオカミさんの返事に深く頷くと、丸さんこと丸川《まるかわ》さんは下駄をカラコロと鳴らしながら下足場《げそくば》へと進んでいった。その後に六人ほどの人がつづく。やはり毎日のように開店直後を狙って来る人たちばかりだ。

僕はお客さんたちの邪魔にならないように脇の方から中へ上がると、カウンターの内側に入った。釣銭などを用意してレジの準備はちゃんとできているけれど、まだキャッシュレス決済の操作などに不安があり、実際にお客さんを前にすると緊張する。

そんな心中を知ってか知らずか、丸さんはにこやかな顔で声をかけてくれた。

「昨日よりちっとはマシになったな」

回数券を差し出しながら僕の出《い》で立《た》ちをしげしげと眺めた。営業時間中の薬師湯では、オカミさんはもちろん僕たち従業員も、藍色の印半纏《しるしばんてん》を羽織ることになっている。背中には亀甲に「湯」が真っ白く染め抜かれ、襟元《えりもと》には同じく白の筆文字で「薬師湯」とある。お店に出る前日に、真《ま》っ新《さら》な一枚をオカミさんがくれたものだ。

「どうも。でも、まだまだ肩で羽織るっていう感覚はつかめませんけどね」

回数券を受け取りながら返事をした。

「そりゃあそうだ、粋《いき》な着こなしが一日やそこらで身に付いたら世話ねぇや」

丸さんは鼻で笑うと男湯の暖簾をくぐって行った。

「あら、私はその初々しい感じが好きだわ。そんなに早々と馴染《なじ》んでしまったら新しい子に入ってもらう意味がないじゃない？　ちょっとずつでいいのよ、慌てる必要なんてまったくないわ」

こちらも常連の翠《みどり》さんが回数券を差し出しながら微笑《ほほえ》む。後ろに続く人にカウンターの正面を譲りながら、僕の隣に立つオカミさんに「ねえ、そうでしょう？」と声をかけた。オカミさんは小さく笑うと「まあ、そうね。ぎこちないぐらいに緊張しているのは最初の数週間ぐらいでしょうから。今の若い子は頭がいいから仕事の飲み込みも早くて。楽だけど、ちょっと寂しいかな。もっと世話を焼かせてもらいたい！　って思うことも多いもの」と笑った。

二人がそんなやりとりをしている間にも、小銭はもちろんクレジットカードやＱＲコード決済、交通系ＩＣカードなど、さまざまな支払方法で次々と人が入って行く。どんな決済方法にも対応するだなんて、コンビニやファストフード店では当たり前かもしれないけれど、個人営業の銭湯では珍しいと思う。

翠さんとオカミさんが立ち話をしている間に、開店直後の人の波は過ぎ去った。受け取った回数券や現金を整理してレジに仕舞い、ぼんやりと風に揺れる暖簾を眺めた。

ここ数日、急に気温があがり、春本番を迎えた感じがする。ゆらゆらと穏やかに流れる風に合わせて踊る暖簾を眺めていると、ふと眠気に襲われそうになった。慌てて頬を手の平で叩いていると、オカミさんが笑った。

「眠いの？」

僕は恥ずかしくなって俯《うつむ》いた。

「ちゃんと寝てるんですけど……、すみません」

「若いうちだけよ、いくらでも寝られるのなんて。私なんか五時間も横になったら目が覚めちゃうもの。そうだ。しばらく忙しくないから、先にお風呂に入っちゃったら？　熱いお湯に浸《つ》かったら眠気が覚めるかも」

「え？　いいんですか」

「だって、二人してフロントに立っていても仕方がないでしょう？　五時半ぐらいから夕方の混雑が始まるから、それまではのんびりしてていいわよ」

「じゃあ、お言葉に甘えて」

「はい、ごゆっくり」

僕は半纏を脱ぐと丁寧に畳み、レジの下にある棚にそっと仕舞った。

表に出て上を見上げると、雲ひとつない空に薬師湯の煙突から真っ白な煙がたなびいていた。男湯に面した庭の飛び石を渡って路地を抜け、部屋に戻る前に釜場を覗いた。

ちょうどシゲさんが焚口《たきぐち》に追加の薪をくべているところだった。

「手伝いましょうか？」

僕の声にちらっと顔をあげると「いや、大丈夫だ」と軽く応えた。火掻き棒で炉の中を調整すると、焚口戸を閉ざした。

「表の方はいいのかい？」

「ええ、しばらく暇だから、先にお湯を使いなさいってオカミさんに勧められました」

「そうか。なら、ゆっくりと浸かってくればいい。湯加減を体で覚えるのも仕事のうちだしな」

シゲさんは釜場に置いてあった椅子に腰かけると、焚口戸の隙間からちらちらと漏れる火の様子を目の端でとらえながら話を続けた。

「湯加減は、銭湯一軒一軒でそれぞれ違うものなんだ。そもそも使ってる水からして普通に水道水を使っている店もあれば、うちみたいに地下から井戸水を汲《く》み上げてるところもある。都内でも場所によったら温泉が湧いてて、それを水で薄めたり逆に沸かし直したりして使ってるところもある。それぞれ違うんだよ、水やら温め方が。それに、湯船の造りだったり、洗い場や脱衣所からの空気の流れ方なんかで、熱く感じたり冷たく感じたり。季節やその日の気温や湿度によっても随分と変わる。その辺も含めて手をちょっと湯に浸しただけで、加減の良《よ》し悪《あ》しが分かるようになったら一人前だな」

「……随分と難しそうですね。そんなことができるようになるのに、何年ぐらいかかるんですか？」

「そうだな、人にもよるけれど、うちみたいに薪で焚く釜の店なら早くて五年、俺みたいに不器用な奴《やつ》なら十年はかかるかな」

「そっ、そんなにかかるんですか？」

シゲさんは僕の顔を愉快そうに眺めた。

「まあ、そう心配すんな。別にお前さんにそんなことができるようになって欲しいだなんて誰も思ってないさ。精々、薪を運んだりタイルをブラシで擦《こす》ったりっていう力仕事をちゃんとしてくれれば十分」

「はぁ……」

「オカミさんだって薪で湯を沸かすだなんて面倒なことは、俺が死んだらお仕舞《しまい》にするはずさ。最新式のガスで沸かす機械は、水質や天気なんかをちゃんと勘取りして自動で心地よい温度の湯に調整してくれるそうだ。だから、無理して俺がやってるような面倒なことを覚える必要はないよ。ほら、さっさと行きな」

シゲさんが焚口戸を開いて手前の薪を奥へと押しやると、パチパチと爆ぜながら火の粉が舞った。その様子をじっと見つめるシゲさんに会釈をすると僕は踵《きびす》を返した。

タオルや着替えを抱えてフロントのオカミさんに会釈をしながら男湯の暖簾をくぐる。一番端脱衣所には誰もおらず、洗い場の方から少しばかり人の気配がするだけだった。

にあるロッカーに脱いだ物を放り込み、中で使うタオルだけをもって洗い場に足を踏み入れた。

薬師湯の洗い場は、男湯も女湯も真っ白なタイルが床一面に張られている。目地もタイルも真っ白で、カランや排水溝などの金属部分や鏡などは毎日の掃除でピカピカに磨いてあり清潔感にあふれている。浴室の天井はかなり高く、湯船やシャワーの湯気は上へ上へと立ち昇る。天井近くには磨《す》りガラスをはめた大きな窓がならんでおり、季節に合わせて開け閉めするが、中秋などには大きく開け放ち、湯船から月見を楽しんでもらうそうだ。

洗い場の先に湯船があり、その壁には男湯と女湯を跨《また》ぐようにして富士山が描かれている。引っ越してきた初日にケロから教えてもらったけれど、富士山の絵が描かれているのは関東の銭湯だけで、西日本ではあまり見られないそうだ。

「ほんの数軒、大阪とか兵庫の銭湯に行ったことがあるけど、どこもタイル絵ばかりで、薬師湯みたいに壁一面を使って絵を描いてるところなんてなかったよ。そもそも、湯船の位置も関東みたいに奥にあるとは限らなくて、真ん中らへんにあったりした。四方八方から湯船に出入りできて便利なんだけど、ゆっくりと浸かっていられなくて、なんだか落ち着かなかったな」

営業後の床をデッキブラシで擦りながら、ケロは色んなことを話してくれた。アーティスト志望なだけあって、美術に関係することについては本当にくわしい。

「ちなみに銭湯に富士山の絵が初めて描かれたのは大正元年で、今はもう廃業してしまった神田《かんだ》猿楽町《さるがくちょう》のキカイ湯ってところなんだ」

「きかいゆ？」

「うん、ちょっと変わった名前だろ？　きかいはカタカナでキカイって書くんだ。なんでも湯を沸かすのに汽船のボイラーを使っていたことにちなんでるんだって。大正元年は一九一二年だから、銭湯に富士山の絵が描かれるようになって、まだ百年くらいなんだよね」

「そうなんだ」

知らないことばかりで、感心してしまった。

「さて、問題です！　銭湯に描かれている富士山の絵で、もっとも多いのは、どこからの眺めをモチーフにしたものでしょうか？」

デッキブラシの手を休めてケロが出題した。

「うーん、全く分かりません。この、薬師湯の富士山はどこからの眺めなんですか？」

「諦めが早いな。でも、まあ、知らなかったら答えようがないか。うちのは西伊豆《にしいず》から眺めた富士山だよ。ところどころ松が植わった岩場があって、その先には遥か彼方まで広がる海がある。そして水平線と山裾が重なり合うほどに雄大な富士山。見事だよね。ちなみに、うちと似たような構図が一番人気。で、二番目が三保《みほ》の松原《まつばら》からの眺めで、大きく湾曲した砂浜に松林があって、その向こうに富士山があるってやつ。で三番目は河口湖《かわぐちこ》とか山中湖《やまなかこ》なんかから見た富士山だね。手前に湖を持って来て、逆さ富士を描いたものとかね。だいたい、この三つのどれからしいよ」

僕も手を休めて絵を眺めた。改めてじっくりと見てみると、やっぱり銭湯の壁には雄大な富士山があって欲しいと思った。

「いいですよね、いかにも銭湯って感じがして」

「まあね。でも、銭湯絵を描く人は、日本に数名しか残ってないんだ。そもそも銭湯自体が減ってるから仕方がないんだけど……。それに『空三年、松十年、富士山一生』って言葉が銭湯絵師の世界にはあるぐらいで、一人前になるのも大変なんだ。そりゃあそうだよね、銭湯が休みの日に短時間で仕上げなきゃあならないし、これだけの大きさだから、緻密な下書きも難しい。そもそも、一軒一軒描く位置や洗い場からの見え方なんかも違うから、毎回現場でアドリブを利かせなければならない。途方もなく難しいと思うよ」

そんなことをケロに教えてもらってから、僕は洗い場に足を踏み入れるたびに、正面の富士山に一礼をするようにしている。なぜだか分からないけれど、富士山の雄大な姿には、頭を下げずにはいられない何かがある。

湯船は真ん中に大きな物がひとつ、その両脇に小さめの物がひとつずつある。向かって左から『ぬるめ』『ふつう』『あつめ』と、それぞれの湯船には白いタイルに藍色の染付で湯加減が記されている。

真ん中の『ふつう』の湯船には丸さんの他に二人ほどがゆったりと浸かっており、三人ともぼんやりと天井を眺めていた。僕は入口近くに積み上げておいた椅子とタライを手に取り、端っこのカランの前に落ち着いた。

薬師湯ではボディシャンプーは橙《だいだい》色、シャンプーは緑色の大きなボトルに入れてあり、誰でも自由に使えるようにしている。頭をざぶざぶと洗い、ボディシャンプーを塗りつけた垢《あか》すりタオルで体を擦る。軽く股間などに湯をかける程度で湯船に浸かる人もいるけれど、せっかく綺麗《きれい》な湯が張ってあるのに汚すのはもったいない。ごしごしと体を擦ると、それはそれでやっぱり気持ちがいい。

シャワーで泡を洗い流すと、タオルをよく絞って湯船へと進んだ。五十歳ぐらいのよく日に焼けた人と入れ違いで湯船に入った。温度計を見れば、湯の温度は四十度でちょうど良い湯加減だ。肩まで浸かると、思わず「あーーっ」と声が漏れた。

「気持ちがいいだろう?」

湯船の奥にどーんと腰を据《す》えていた丸さんが声をかけてくれた。

「ええ、たまりません。でも、丸さんはどれぐらい浸かってるんですか？　暖簾をくぐられてから随分経つような気がしますけど」

「うん？　そうだな時計を見てる訳じゃないから分からんけど。でも、まあ、まだまだ夜は冷えるから、しっかり体の芯まで温まらないと。うちにも風呂はあるんだけど、どうにもな。ちっこい湯船に丸まって入っても温《あった》まった気がしねぇ。そもそも、うちの女どもは三十八度とか、そんぐらいのぬるい湯に長々と浸かってらぁ。その方がじんわりと温まっていいんだと」

　丸さんはマズい物でも食べたかのように顔をしかめた。すると、少し離れた所で湯に浸かっていた別なお客さんが口を挟んだ。

「三十七度から三十九度を微温浴と呼び、四十二度以上は高温浴といいます。その間の四十度から四十一度が温浴です。微温浴は副交感神経の働きにより気分が安らぐ効果があります。対して高温浴は交感神経が刺激され血流が良くなりますから、筋肉などの疲労を癒《いや》す効果があります。いずれにしても、微温浴、高温浴ともに長短がそれぞれありますから、体調と相談して使い分けることが大切ですね」

「確かに。俺も、疲れが溜まってどうにもしんどいなって時は、隣のぬるい湯に浸かってぼんやりするようにしてる。すると、イライラしてたはずなのに気分が楽になって、その晩はよく寝られるような気がする。逆に、力仕事が立て込んで肩が凝ったなってな時は、熱い湯にガーンと浸かるとマッサージを受けたみたいに体が楽になる」

　そこへ、先ほど洗い場へと一旦出た男性が戻ってきた。首から上や肘から先は真っ黒に焼けているが、それ以外のところは真っ白だった。

「確かに、ここの『あつめ』に三分ぐらい我慢して浸かってると、筋肉が解《ほぐ》れて体が楽になるのが分かります。だもんで、大きな仕事の後は、体の汚れをざっと落としたら、『あつめ』で思いっ切り体をイジメるようにして温めて、それからもう一度丁寧に体を洗う。で、その後、『ふつう』でのんびりして、最後に『ぬるめ』で呼吸を整えると本当に気分が良くなって、次の日も頑張れそうな気がしますね」

「なるほどな。まあ、人それぞれ好みの入り方があるだろうからな。他の客や店に迷惑をかけなければ、どんな入り方もお好み次第で構わないと俺は思うけどね。ああ、そうだ、蓮は二人に自己紹介を済ませたのかい？」

　丸さんが促してくれたお陰で僕は二人に名乗ることができた。

　お湯の温度について解説をしてくれた老人が名乗った。

「田端《たばた》です」

「バタやんは大学の先生なんだよ」

　丸さんが口を挟むと「元です。名誉教授って肩書きをくれましたけど、あれの意味するところは『もう大学の運営に口を挟まないでください』ってことで、要するに若い連中からの三行半《みくだりはん》みたいなものなんです」と田端さんは唇を尖《とが》らせた。

「まあ、元でもなんでも俺たちからしたら考えられないぐらい頭のいい先生だってことに違いねぇからな。専門は経済学だったたっけか？　東大を卒業してイエーイ大学とかってアメリカの大学で博士号をもらったりなんかして。政府の財政なんとか諮問《しもん》会議の座長を長らくやったり。とにかく偉い人なんだよ」

丸さんがしたり顔で教えてくれた。

「イエーイ大って……。正しくはイェール大です。母校の名前ですから訂正させてください。あとはどれもかなり誇張されてますから話半分に聞いておいてください。ああ、私のことはバタやんでお願いします。丸さんがつけてくれた綽名《あだな》なんですけど、薬師湯で会う人はみんなそう呼んでくれます」

「最初さ、先生って呼んだら『やめてください。学校じゃないんですから』って怒る訳よ。でな、博士に変えたら『それもやめてください。バカ丸出しじゃないですか、博士って呼ばれて返事なんかしたら。鉄腕《てつわん》アトムのお茶《ちゃ》の水《みず》博士じゃあるまいし』って。仕方がねぇからバタやんって綽名をこしらえてやったんだよ」

そのやりとりを楽しそうに眺めていたもう一人が口を開いた。

「美しいに三本線の川で美川《みかわ》です、よろしく。地元で造園業を営んでて、祖父の代から薬師湯には世話になってるもんで、常連のみんなからは下の名前の義男《よしお》って呼び捨てか、よっちゃんって呼ばれてる。君もよっちゃんで頼むよ。そう言えば、口の悪い丸さんに、俺は変な綽名をつけられなくてよかったよ」

「いやいや、あべこべパンダって綽名をつけかけたら『それは勘弁してください』って言ったじゃないか。忘れたのかい？」

「えっ！　あれ、本当につけるつもりだったんですか？　あぶねぇ、あぶねぇ」

よっちゃんが大袈裟《おおげさ》に驚いて見せた。思わずみんなの顔が綻《ほころ》ぶ。

「だってよ、首から上と肘から先だけ真っ黒で、他は真っ白なんだぜ」

よっちゃんは大きな溜め息をついて首を振った。

「庭師ですからね、四六時中屋外で作業をしてますから、どうしたって焼けてしまいます。これでも顔なんかは日焼け止めを塗ってるんですよ。本当は夏場だったらTシャツに短パンで作業したいぐらい暑いんですけど、虫刺されや怪我《けが》を防止するために厚手の作業着をきっちりと着ておいた方が良いんです」

よっちゃんの話に深く頷きながらバタやんが話を引き継いだ。

「昨今では、なかなか庭師さんに入ってもらうような個人宅は少ないでしょうからね。大半は神社仏閣の持ち庭ってことで、そうなると結界内での作業ですから肌を晒《さら》すのは御法度《ごはっと》で、ちゃんとした服装で作業にあたらないとダメですから。ああ、薬師湯の庭は、よっちゃんが面倒を見てるんですよ」

二人の話を楽しそうに見つめながら丸さんが僕に向き直った。

「いずれにしても、銭湯ってぇのは裸の付き合いをする所だ。見栄を張った身なりで格好をつけたとしても、ここではそんなハッタリは通用しねぇ。体は正直だ、ひと目見れば、どんな奴かはたちどころに分かる。だからよ、薬師湯に出入りしている奴をよーく観察しておけば、自然と人を見る目が養えるってもんだ。まあ、仕事をしながら客の一人ひとりをじっくり眺めるこった」

「はい」

僕の返事に三人のお客さんは揃って頷いた。このまま、もっと話を聞いていたいけど、さっきからポツポツと洗い場のお客さんが増えてきた。そろそろ戻らないとオカミさんに迷惑をかけてしまう。僕は礼を言って湯船を出ると、固く絞ったタオルで水を拭い去り、脱衣所へと急いだ。

体をしっかりと拭き、ドライヤーで髪を乾かすと汚れ物や使ったタオルをビニール袋に詰めてフロントに戻った。ふと柱時計を見やると、一時間が過ぎていた。

「すみません、長風呂になってしまって」

「ううん、大丈夫よ。お客さんと仲良くなるのも仕事のうちだから。早速、丸さんに可愛がってもらってるみたいじゃない？　人懐っこくて面倒見の良い人だけど、気に入らない人とは口を利かないから。とりあえず蓮君は合格ってことね」

僕が半纏を羽織るのとは反対に、オカミさんはそれを脱ぎながら笑った。

「じゃあ、私は夕飯の支度をしてくる。何か困ったことがあったら電話を頂戴。予定では六時半ごろにはユーちゃんが帰ってくるし、葵ちゃんも七時には戻るって言ってたわ。どちらかが夕飯を済ませたら交代してもらうから、悪いけどそれまで頑張ってね」

「はい、分かりました」

僕の返事を確認すると、オカミさんはフロントから出て行った。


六時を過ぎると急に客が増えてきた。なかには子どもを連れたお母さんやお父さんといった人たちが何組か暖簾をくぐり薬師湯は一気に賑《にぎ》やかになった。僕がフロントに立って少しすると、丸さんとバタやん、それによっちゃんが出てきた。

「ビールもらうよ」

丸さんは小銭をフロントに置くと、冷蔵ショーケースから缶ビールを取り出した。するとバタやんも「じゃあ、私もいただこうかな」と小銭を差し出した。「ちょっと羨ましいけど、俺はコーヒー牛乳で我慢しておこう」とよっちゃんは瓶を手に取った。

「なんだ、よっちゃんは仕事が残ってるのかい？」

「いや、まあ、仕事ってほどでもないんですけど……。知り合いから坪庭を直して欲しいって頼まれてまして。作った当初から日当たりが期待できないのは分かってたんで丈夫な品種を選んで植えてたみたいなんですけど、最近になって近所にマンションができた影響なのか風通しまで悪くなったみたいで、長年元気だった植栽がダメになってしまったらしいんです。で、ゼロからやり直すつもりで提案してくれって。で、まあ、デザインというか設計をやろうと思いまして。なので酒はお預けです」

「なるほど、植物は育ちますからね。その経年変化を頭に置いてデザインするとなると、難しいでしょう。お酒を飲みながらする仕事ではありませんね」

バタやんの言葉に丸さんが深々と頷いた。

「まあ、俺ら隠居組が現役バリバリに気兼ねしても仕方がない。せいぜい、よっちゃんの分まで飲んでおくよ」

丸さんとバタやんが軽く缶を掲げて乾杯した。よっちゃんは小さく笑いながら腰に手を当ててコーヒー牛乳を一気に飲み干した。

「負け惜しみ抜きで、やっぱり風呂上りのコーヒー牛乳は美味いです」

空き瓶を回収箱にそっと置くと「お先に」と声をかけて出て行った。その後ろ姿を見送りながら丸さんがバタやんに声をかけた。

「一局やるかい？」

指先は何かを摘まむような仕草だった。

「いいですね、やりましょう」

バタやんは「借りますよ」と、フロント横の棚に置いてあった将棋盤と駒の入った箱を手に取った。すでに丸さんは奥の方の椅子とテーブルに陣取っている。すぐに将棋盤を広げ駒をならべはじめた。どれぐらいの時間を要するのか分からないけれど、湯上りの体を休めるのにちょうど良いのだろう。

ケロから教えてもらったけれど、薬師湯は三年ほど前に大幅な改築を行なった。以前は番台を設えた昔ながらの造りだったが時代に合わないとオカミさんが判断し、フロント形式に改めた。その際に男湯・女湯それぞれの脱衣所を三分の一ほど削り、庭に面する部分は男女共用の休憩スペースとしてみんながくつろげる場所に作り変えた。

男湯・女湯それぞれに置いてあった椅子や縁台などは全て休憩スペースに移され、飲み物やアイスクリームなどの冷蔵冷凍庫などもフロント脇に移動させた。お陰で改築以前は夫婦やカップルで湯を使いにきても、先に上がった方は外で待っていなければならなかったが、今は休憩スペースがあるので湯冷めなどの心配もない。

さらに湯上りにゆっくりしてもらうべく、オカミさんは雑誌や新聞を用意し、またお客さん同士が仲良くなる切っ掛けになればと将棋やボードゲームなども置いてある。

また、中野に縁のある噺家《はなしか》の卵を応援するべく、毎月十八日に「薬師湯寄席《よせ》」を開いている。二つ目以下の若手を中心に五人程度がやって来て、それぞれ二つぐらいの演目をかけるそうで、休憩を挟んで二時間ぐらいは楽しめる。入浴料を払ったお客さんなら、誰でも無料で楽しむことができる。

そんな工夫もあってか、薬師湯は昔ながらの常連客に加えて、中野駅周辺や新井薬師に訪れる観光客なども立ち寄る人気スポットになりつつあるそうだ。

ケロ曰《いわ》く「外国からのお客さんも多いから。日本語が分からない人も多いけど、慌てないでゆっくりでいいから、丁寧に応対してあげるんだよ」とのことだった。

「僕、英語、苦手なんですけど……」

実際、大学入試でも英語で相当に苦しんだ。

「あのね、日本語ができる外国人なんて滅多にいないよ。だいたい公用語が英語じゃあない国の方が多いんだから、相手だって片言の英語だったりするんだ。発音なんかカタカナ英語で何の問題もないよ。気にせずドンドン知ってる単語をならべて、後は身振り手振りで何とかなる」

ケロほどのコミュ力ならそうだろうけど……と思っていると、表情に出てしまったのか僕の顔を指さしてケロは笑い出した。

「なんか、その顔は『弱ったなぁ……』ってのを絵に描いたような表情で面白いよね。スタンプにしてLINEで使いたいぐらい。まあ、とりあえず、アンチョコを用意してあるから安心しな」

ケロがフロントカウンターの引き出しから取り出したのは、A4サイズのプラスチックケースだった。中には色んな言語で薬師湯の接客に必要となりそうな言葉が書いてあった。しかもご丁寧にもカタカナでフリガナまで振ってある。

「凄《すご》っ……、誰が作ったんですか？」

「ユーちゃん。彼女、こういうことは本当に上手なんだ。そもそも、サブカルショップの店員として海外からのお客さんを相手にするのに慣れてるからね。この辺は彼女の言うことを聞いておけばほとんど間違いない。でさ、とりあえず何語が通じるのかさえ分かれば、あとはその言語で書かれたプリントを渡せば万事ＯＫ」

　同じ引き出しから取り出したポケットファイルには「英語」「ドイツ語」「フランス語」「中国語」「ハングル（韓国語）」「タイ語」「インドネシア語」など、丁寧な見出しがつけてあり、それぞれのポケットには銭湯での入浴マナーがイラスト付きで書かれたパンフレットが用意されている。

「へぇ……、本当に便利ですね」

「とりあえず『Where are you from?』って聞くことだね。この時に自分の英語力に合わせた発音にすることが大事だよ。大して喋《しゃべ》れないのに流暢《りゅうちょう》なふりをして喋っちゃうとその後が大変。英語が分かる人だと思われてワーッて話しかけてくるから。苦手なら苦手ってことが相手に伝わるように、はっきりとカタカナ英語で『フェア、アー、ユー、フロム』って言った方がいいだろうね。そうすれば相手もゆっくり、ハッキリ話してくれる場合が多いから」

「はぁ……、僕が一人でフロントにいる時に外国のお客さんが来ないことを願います」

そんなことをぼんやりと思い出していると、いかにも欧米からの観光客といった感じの人が暖簾をくぐり薬師湯に入ってきた。

「コンニチワ」

彼は少し緊張したような表情で覚えたばかりといった様子の日本語を口にした。手にはスマホがあり、どうやら旅行者の口コミサイトを頼りにここへ来たようだ。

「あっと、えっと、はっ、ハロー」

中学、高校それに浪人時代の二年を合わせたら八年間も英語を勉強してきたはずなのに、やっぱり何にも出てこない。慌ててケロに教えてもらったアンチョコを探すけれど、こんな時に限ってどこに行ったのかでてこない。

「Welcome to Yakushiyu! Are you by yourself?」

不意に横から英語が聞こえてきた。見ると、そこにはユーちゃんの姿があった。ユーちゃんはマレーシア出身だけれど、中国系の家柄だからか、パッと見たところ外見は僕たちとあまり変わりはない。しかも独学で身に付けたという日本語は声優を目指しているだけあって、発音も完璧で、なんなら僕よりも滑舌《かつぜつ》がいい。

ユーちゃんは僕に小さく頷くと、その客の応対を引き継ぎ、淀《よど》みのない英語で入浴料などの説明を始めた。時おり冗談でも挟んでいるのか、僕のぎこちない様子に引きつっていた客の表情も少しばかり柔らかくなったようだ。

カードで入浴料とタオル代を決済すると、銭湯でのマナーを英語で記したパンフレットを渡し「Enjoy your time and get warmed up in the Yakushiyu!」と言い添えた。

「アリガトウ」

彼は深々とお辞儀をすると、『男湯』の暖簾をくぐっていった。その後ろ姿が見えなくなると、僕はユーちゃんに頭をさげた。

「助かりました、ありがとうございます」

「どういたしまして。慣れだから、接客も外国語も。じきに蓮もできるようになるよ」

ユーちゃんはカウンターの戸棚から自分の半纏を取り出すと羽織りながらやさしく応えてくれた。

「そうかなぁ……。あの、ユーちゃんにとって日本語も外国語なんですよね？」

ちらっと僕を見やると噴き出した。

「『日本語も外国語』って、ちょっと変。それに私に敬語を使うのは止《や》めてよ。薬師湯で働く四人はみんな仲間なの、変に先輩・後輩って上下関係を作らないって決まりがあるの知ってるよね？　ああ、オカミさんとシゲさんは別だけど。あの二人にはお世話になってるからね。でも、居候の四人は基本的に平等だから変に気を遣わないで」

「はぁ……」

「まあ、その謙虚な姿勢が蓮の良いところなんだろうけど。あのね、日本に来る海外からの観光客のうち、英語が母国語の人なんて二割ぐらいだよ。一番多いのは韓国からのお客さんで約三割、それと中華圏の国や地域から約二割、この二つで半分ぐらい占めるの。だから相手もほとんどの人は片言の英語なんだから、お互い様よ。一生懸命に相手の言ってることを理解しようと努力して、こっちもなんとかして伝えようって頑張れば、それで何とか通じるから。契約書を交わすような大きな商談でもないんだから。一期一会ってことを忘れずに真摯に応対すれば、それでいいと私は思うけどな」

その通りだけど……と思っていると、パチパチパチと小さな拍手が聞こえてきた。

「ユーちゃんの言う通りですよ」

傍らには将棋盤を手にしたバタやんと丸さんが立っていた。

「言葉はね、品物を包む包装紙のようなものです。どんなに立派に飾り立てても、そこに収めるべき品物が陳腐《ちんぷ》では話になりません。目一杯の思いやりさえあれば、どんなに不格好でも十分なのです。もちろん、しっかりとした中身もあって、さらにそれに見合った言葉があれば最高ですが、見てくれに気を取られて大切なことがおざなりになっては本末転倒です」

「散々英語で論文を書いてきたバタやんが言うんだ、間違いねぇよ。まあ、とにかく薬師湯はマナーさえ守れば誰でも歓迎するっていう銭湯だ。聞いた話だけど、常連客に気を遣うあまり外国人や一見客《いちげんきゃく》はお断りってな狭い料簡《りょうけん》の銭湯もあるらしいじゃねぇか。寂しいねぇ……、旅に疲れた人に湯も貸せねぇってのは、同じ日本人として恥ずかしいぜ、俺は」

「まあ、でも、銭湯の利用マナーを知らない客が増えることに不安を覚える人の気持ちも分からなくはありません。だからこそ常連の私たちがご存じでない方たちにやさしく教えてあげないと。この前も海パンをはいて湯船に浸かろうとした人がいたから教えてあげました。その様子を随分と驚いた表情でご覧になっていた方もいましたが、無理もないんです。だってヨーロッパの方のパブリックバスでは、そのほとんどが水着着用がルールなんですから。そんな訳で、誰だって悪気なんかないんですよ」

バタやんは戸棚に将棋盤と駒の入った箱を戻しながら丸さんの言葉を引き継いだ。

「ま、てなことで、蓮にとっては初めての外国人のお客さんで冷汗をかいたかもしれないけど、早く慣れるこった」

僕は照れ笑いをして頷くのが精一杯だった。

「じゃあな、おやすみ」

「今日も良い湯でした。おやすみなさい」

二人が仲良く暖簾の外へと出て行く姿を僕とユーちゃんは見送った。

「さ、今のうちに蓮も夕飯を食べておいで。今日の献立は鰤大根《ぶりだいこん》だよ。もうね、大根にお出汁がシミシミで気絶しそうなぐらい美味しかった。それに鰤の粗《あら》にはたっぷり身がついてて食べ応えがあって」

「マレーシアの人って魚を食べるんですか？」

「地域によるけど、あんまり食べないかな。海に囲まれてるってところは日本と同じなのにね。でも、私は日本食が大好きだから、食べられないものは全くない。あっ、蜂の子とイナゴの佃煮《つくだに》だけはダメ。あれはビジュアル的に無理だわ」

ユーちゃんは顔をしかめた。その顔は相当の変顔で笑ってしまった。

「でも本当に食事に行っちゃって大丈夫？　さっきのお客さんが困ったりしたら、男の従業員がいた方がいいんじゃない」

お腹は空《す》いたけど、仕事を放り出す訳にも行かない。

「大丈夫よ、周りのお客さんに助けてもらうから。それに、どうしようもなくなったら電話で呼びだすから。走って戻ってくればいいだけじゃん」

「はぁ……、じゃあ、まぁ、お言葉に甘えて」

僕は半纏を脱ぐと畳んでカウンターの戸棚に仕舞った。

「はい、ごゆっくり」

僕が離れるのと入れ違うようにして女性客が二人ほど暖簾をくぐった。

「いらっしゃいませ」

ユーちゃんは可愛らしい声で客を出迎えた。それを背中で聞きながら、僕は寮の食堂へと急いだ。

「あれ、蓮もこれから夕飯なの？」

ガラス戸を開けると、葵ちゃんが「いただきます！」と手を合わせるところだった。

「うん、ユーちゃんが来てくれて代わってもらったところ」

不思議と葵ちゃんとは普通に話ができる。理由は自分でもよく分からないけれど。

「あら、お疲れ様。すぐ用意するから、ご飯とお味噌汁は自分でよそって頂戴」

台所と食堂を隔てる暖簾から顔を出してオカミさんが声をかけてくれた。食堂の大きなテーブルの隣には、炊飯ジャーとスープ用の保温器があり、食べる人が食器棚から自分の茶碗とお椀を出して好きなだけよそうことになっている。ちなみに、使った食器は自分で洗い、布巾《ふきん》で拭いて食器棚に戻すルールになっている。

丼と見まがうほどの大きな茶碗一杯にご飯をよそい、味噌汁もたっぷりとお椀に注ぐ。今日の具は長ネギと油揚げだ。

「はい、お待ちどおさま。今日は鰤大根よ。魚正《うおまさ》さんが鰤の粗をたっぷりと取っておいてくれたから。粗って呼ぶには、ちょっと身が残り過ぎて、こんなのでソロバンが合うのかしらってぐらいなんだけど。お代わりもあるから、たくさん食べてね」

大振りの鉢に大根と鰤がゴロゴロと入っている。別に用意された小鉢は、小松菜の和《あ》え物に白菜漬けだった。

「いただきます！」

僕が手を合わせると「はい、召し上がれ」と応えてからオカミさんは台所へと戻って行った。

まず味噌汁の椀を手にした。しっかりと出汁が利かせてあり、しみじみと美味い。朝と晩、必ず用意してくれるけれど、何回口にしても美味いと思う。

お椀を置くと、早速、大根に箸を差し入れた。大して力を入れた訳でもないのに、スッと下まで通り、軽く押すだけで半分に切れた。もう半分に切ると、茶碗で滴る汁を受けながら口へと運ぶ。ふくんだ瞬間、やわらかな出汁の旨味《うまみ》に包まれた大根の味が口一杯に広がった。そっと噛《か》むとほど良い弾力を感じさせながらも、崩れるようにして喉の奥へと流れ落ちていった。

「ああ……」

思わず溜め息のような声が零れた。続けて粗に箸を向けると、骨の間に挟まっていた肉がポコリと外れた。刺身ひと切れ分はありそうな大きさのそれは、脂がのっていて濃厚な美味さがある。それでいて新鮮だからか、生臭さは微塵《みじん》もない。

　ガツガツと食べ進む僕を眺めながら、葵ちゃんが小さく笑った。

「そんなにお腹が空いてたの？」

　僕は口をもぐもぐさせながら小さく首を振った。

「ううん、そういう訳じゃないけど。でも、オカミさんの料理は本当に美味しくて、食べ始めると止まらなくなるんだ。本当はもっとゆっくりと味わった方が良いんだろうけど。箸が勝手に走り出すというか、暴走するというか。とにかく止まらないんだ」

「きっとオカミさんは蓮みたいな食べっぷりが嬉しいと思うよ。私も女子にしては、食べる方だと思うけど……。まあ、ユーちゃんには遠く及ばないにしてもね。四人のうちで一番食べないのはケロちゃんかなぁ。本当は、この鰤大根もケロちゃんに食べてもらいたくて作ったんだと思うけど」

「ケロの好物なの？　鰤大根」

「ううん、そういう訳じゃないけど。オカミさんは栄養のバランスを第一に考えつつ季節を感じられるものや、縁起物なんかを折々に取り交ぜて献立を考えてくれてる。ちなみに冬になると必ず鰤大根を出してくれるの。ほら、鰤は出世魚でしょ？」

　僕は大振りの鉢に盛られた鰤の粗をしげしげと見た。

「薬師湯の寮に来てくれた人たちが出世できますようにって。特にケロちゃんとユーちゃんは、それぞれアーティストや声優として成功したいっていう明確な目標があるんだけど、どうにも今ひとつ運に恵まれないところがあって」

そんな想《おも》いが込められた料理だなんて知らなかった。ただ単に「美味い！」とばかりに馬食《ばしょく》していた自分が少し恥ずかしくなった。

「まあ、とにかく、たくさん食べてしっかり働くことが一番大切かな。だから、食べましょう。食べ終わったら、蓮は釜場のシゲさんと交代してあげて。もう、お湯は安定してると思うけど、誰も見張り番が居ないのは危ないだろうから」

「うっ、うん。そうだね」

そんな話を聞いたからだろうか、鰤大根はもちろん小鉢や味噌汁、炊いたばかりのご飯といった全てが一層滋味深く感じられた。

食器を片付けて表に出ると、月は煌々《こうこう》と輝き星が瞬いていた。

「シゲさん、お待たせしました。釜場の見張り番を代わります。夕飯をどうぞ」

「おお、すまん。さっき、薪を足したところだから、特にすることはないけど、様子がおかしくなったら、すぐに携帯で呼んでくれ」

「はい。今晩のおかずは……」

僕が言いかけるとシゲさんは手で制した。

「見るのが楽しみだから言うな！　っていうか台所から漂う香りで見当はついてる。それが当りかどうか確かめるんだ」

シゲさんは軍手と前掛けを外すと、寮へと早足で歩いて行った。

＊　＊　＊　＊　＊

三月二十日（金）　天気：晴れ　　　　　　　　　　記入：手塚蓮

昨日に引き続き「薬師湯」の仕事を手伝う。手伝うというよりも邪魔しているという方が正しいかも。慣れないことばかりで冷汗をかきっぱなし。覚えることがたくさんあるのに、あれもこれも、オカミさんやシゲさん、それに寮のみんなに助けてもらい、なんとかこなせている状態。早く何とかしなきゃと思うけど……。

特に今日は外国からのお客さんへの対応でパニックになりかけた。危機一髪のところでユーちゃんが助けてくれたから良かったけど。もう少しちゃんと練習して、最低限のことはできるようになろうと反省した。

良かったこととしては、お客さんが少ない時間に湯船に浸からせてもらったこと。丸さんにバタやんとよっちゃんを紹介してもらった。薬師湯の常連さんはみんな良い人で、色々と話を聞かせてもらう。バタやんは元大学の先生で、よっちゃんは庭師さんだと言ってたけれど、丸さんは何をしている人だろう？　オカミさんに尋ねたら「そのうちに分かるわよ」と教えてくれなかった。謎過ぎる……。

今日の晩御飯は鰤大根！　味がしみしみの大根に身がたっぷりとついた粗と、味はもちろん食べ応えも満点！　今日も満腹になりました。明日は何かな？　楽しみ！


「本当にこれで全部か？　忘れ物はないだろうな」

手にしていたものをリアカーに載せ、あらためて確認するように積み込んだ荷物を眺めながらシゲさんが葵ちゃんに声をかけた。

「えーっと、お料理はこれで全部。敷物とか飲み物はちゃんと積んだ？」

「うん、大丈夫。確認した」

葵ちゃんの問いにケロが答える。

「ちょっと！　テーブルに紙皿と割り箸が残ってた。もう、手づかみで食べることになるとこじゃん」

大きな紙袋を掲げてユーちゃんが出てきた。「わりぃ、わりぃ」と軽く応じながらケロが受け取ってリアカーに載せる。

「はいはい、さあ、みんな行きますよ」

最後にオカミさんが出てきて戸締りをした。

「それもリアカーに載せましょうか？」

オカミさんが肩から提げていた大きなトートバッグを僕は指差した。

「ううん、これはいいの。ありがとう」

オカミさんを先頭にユーちゃんと葵ちゃん、その後ろにリアカーがつづく。ケロがハンドルを引き、僕が右後ろ、シゲさんが左後ろからリアカーを押す。

「しかし、今年も上手い具合に晴れの日を選べたもんですね。見事な日本晴れ」

シゲさんが空を見上げて呟いた。確かに雲ひとつない。

「そうねぇ、悩んだ甲斐《かい》があったわ。けど、覚えている限りだけど、雨が降ったことは一度もないかも。予想外に開花が早くて、ほとんど散っちゃったことが何度かあったけど……。でも、だいたいは晴れてたかな」

ちらっと振り向いてオカミさんが答える。

「そんなに前からやってるんですか？　薬師湯の花見って」

「ああ、俺が世話になる前からだから。もう何十年も前からになる」

僕の問いにシゲさんが答えてくれる。

「記念写真のアルバムを持って来たから、あとで数えてみるといいけれど、多分、四十枚は軽く超えてるわ」

そんな話をしているうちに中野通りに出た。通りの桜はどれも満開で、風にそよそよと花びらが舞っている。

「またこちら側に戻ってこないとダメだけど、天神様《てんじんさま》にお参りしてから行こうと思うの。いいかしら？」

新井五差路《あらいごさろ》の交差点でオカミさんがふり向いた。

「そうですね、そうしましょう。大将が元気だったころも、花見の前には必ず北野《きたの》神社を参拝してから哲学堂《てつがくどう》に向かったものです」

殿《しんがり》を務めるシゲさんが声を張って返事をした。

信号が変わるまで、みんなでぼんやりと並木を眺めた。頬を撫《な》でる暖かな風は、ほんのりと桜の香りがして、ただ立っているだけなのに幸せな気持ちになれる。

歩行者用の信号が青に変わるのに合わせてリアカーを押し出した。ケロ、シゲさんと力を合わせて一生懸命に押し進めたけれど、通りの真ん中あたりで信号が点滅し始めた。少しばかり慌ててなんとか赤に変わる前に渡り切った。

「意外と変わるのが早いですね。普段は全く気が付きませんでしたけど」

「ああ、俺もそう思う。一度、都議会議員の先生に『もうちょっと、年寄りのことを考えて、ゆっくり目にしてもらえませんかね？』ってお願いしたことがあるけれど。一応、調査をして渡り切れる長さにはなってるらしい。でも、なぁ。信号が点滅し始めると気が急いて……。慌てた挙句に転んで怪我するようなことにならなければいいけどっていつも思うよ。なんせ俺だって十分に年寄りだからな」

「シゲさんは別格でしょう？　たぶんだけど百歳になってもピンピンして、釜場を守ってるような気がするよ」

　ケロが前を向いたまま口を挟んだ。

「だと、いいけどな……」

　普段なら憎まれ口には憎まれ口で返すだろうに、シゲさんは短く応じただけだった。

数年前に境内《けいだい》を大幅に改築したという北野神社は、参拝者の姿もまばらで静謐《せいひつ》な空気に包まれていた。境内の端の方にリアカーを置くと、六人揃って鳥居の前で一礼をし、オカミさんを先頭に参道を進んだ。

　最近、丸さんに教えてもらったのだが、北野神社は新井地区一円の総鎮守《そうちんじゅ》で、文武両道の神とされる菅原道真公《すがわらのみちざねこう》を御祭神としていることから新井天神とも称されている。創建された正確な年代は明らかではないそうだが、十六世紀の天正《てんしょう》年間に新井薬師の開祖である沙門《しゃもん》行春《ぎょうしゅん》というお坊さんが建立《こんりゅう》したとの謂《いわ》れもあるそうで、地元の人たちからは鎮守社として長らく親しまれている。ちなみに境内には「新井」という地名の由来ともなった井戸が今も残っているそうだ。

　それぞれに賽銭《さいせん》箱に小銭を落とし、オカミさんに合わせて二礼をし、柏手《かしわで》を二つ打つと、皆一様に目を瞑《つむ》り手を合わせた。

ここ数年、神社やお寺にお参りすると、お願い事は決まって「大学に合格しますように」だった。そんなお願いをもうしなくて良いかと思うと、少しばかりホッとする。けれど、そうなると頼むことがない。少しばかり迷ったけれど、結局「元気に楽しく過ごせますように」とお願いして顔をあげた。

周りを見渡すと、僕以外の人はみんな手を合わせて目を瞑ったままだった。そーっと、列から離れて参道の脇でみんなを待った。ケロ、ユーちゃん、葵ちゃん、シゲさんの順で列から外れ、最後までお願い事をしていたのはオカミさんだった。

「ごめんなさい、お待たせしちゃって」

顔をあげると、待っている僕たちをふり向いて恥ずかしそうに笑った。

「ううん、大丈夫。でも、随分と熱心に、何をお願いしてたの?」

ユーちゃんがオカミさんと腕を組んで尋ねた。その甘えるような姿は、まるで実の娘のようだ。

「うん? 何時もと一緒よ。薬師湯のみんなの夢が叶《かな》いますように。それまで、毎日元気で楽しく暮らせますようにって。月並みだけど、そんなことぐらいしかお願いすることが私にはないもの」

「えーっ、なんかもっと自分のお願い事とかってないの? 宝くじで一等が当たりますようにとか、素敵な男性との出会いがありますようにとか？」

　ユーちゃんの問いにオカミさんは大きな声で笑った。

「宝くじかぁ……、ここ何年も買ってないわ。そうね、一等が当たったら薬師湯をあれこれと大幅に改築できるわね。みんなの部屋も、もう少し綺麗にできるかも。それ、いいわね。そっか、今度買ってみるね」

「なんだ、結局、薬師湯とか私たちのために使うんだったら、意味ないじゃん？」

　ユーちゃんがぶら下がるようにしてオカミさんの手をぶんぶんと振った。

「うーん、でも、なんか、ちょっと嬉しいかも。やっぱりオカミさんに世話を焼いてもらうの、嬉しいもの」

　葵ちゃんが空いている方の手をつないだ。

「いい歳して、甘えん坊の赤ちゃんみたいだな」

　ケロが呆れた顔をした。

「あっ？　ケロもオカミさんと手をつなぎたかった？」

　葵ちゃんがからかうような声をあげた。

「葵がこの重たいリアカーを引っ張ってくれるなら、交代するけど？」

　ケロが唇を尖らせながらリアカーのハンドルを握った。

「はいはい、みんな仲良くしてちょうだい。さあ、行くわよ」

鳥居の前で一礼すると、ひょうたん池を左手に眺めながら西武新宿線に向かって真っ直ぐ進む。

車が通り過ぎるたびに桜の花びらが舞い、その花吹雪の中を進むのは何とも心地よい。まるで舞台役者にでもなったような気分だ。

「座ってじっくりと眺める桜もいいけれど、やっぱり桜並木の下をゆっくりと歩くのも捨てがたいわね」

「ええ、そぞろ歩きをしながら桜を愛《め》でてるだけなんですけど、なんだか満ち足りた気分になります。これから向かう哲学堂の桜は腰を据えてじっくりと眺めるべき桜だと思います。対して中野通りの桜は歩きながら楽しむのがぴったりです。その理由はよく分かりませんけどね」

先頭のオカミさんの声に、シゲさんが応える。

緩やかなカーブを過ぎると西武新宿線の線路を跨ぐ。踏み切りに向かって少しばかり勾配《こうばい》がきつくなり、腰を入れて押さなければリアカーが前に進んでくれない。

この線路も数年後には地下に移されると聞いている。急いでいる人にとって踏み切りは厄介な存在だと思うけれど、僕は通り過ぎ行く電車を眺めるのが好きだ。なので正直に言うと少しばかり残念に思う。

この前も、散歩の途中で踏み切りを通り過ぎる西武新宿線をぼんやりと十分ぐらい眺めていた。僕の隣には、近所の保育園からのお散歩途中といった様子の小さな子たちが何人かいた。みんな保育士さんの言うことをよく聞いて、通りの隅にちゃんと一列にならんでいる。その子たちと一緒になって、電車に手を振ると、時々応じてくれる車窓がある。それが嬉しくて、子どもたちと何本もの電車に手を振った。

踏み切りを越えると、車道も歩道も少しばかり幅が広がったような気がした。途中で横断歩道を渡って通りの反対側に戻ると、ほどなくして哲学堂公園にたどり着いた。

「荷物運びの応援を呼んでくるから、ケロと蓮はここで待ってろ」

シゲさんは自分の手で積み込んだ荷物を肩にかけ、大きなビニールシートを小脇に抱えると、哲学堂へと入って行った。

「そうね、まずは荷物を運び入れましょう。二人はリアカーの番をお願いね」

オカミさんとユーちゃん、葵ちゃんはそれぞれ料理の詰まった風呂敷包みを両手で大事そうに抱えてシゲさんの後を追った。

遠ざかる背中を眺めながらケロはリアカーに寄りかかり、スマホを取り出した。

「今年は去年より十日も遅いんだな」

液晶画面をいじりながらケロは小さく頷いた。今日は三月最後の日曜日だ。

「花見が？」

「うん、毎年二月の終わりごろになると、オカミさんとシゲさんは天気予報ばかり見るようになるんだ。開花日とか満開になる時期とかの予想を天気予報でやるだろ？　あちこちの予想をメモに書き留めて、今年の花見を何時にするのか決めるんだ。年によって咲く時期は二週間前後ズレるからね、難しいと思うよ。散ってしまったら花見にならないし、かと言って蕾《つぼみ》ばかりじゃあ雰囲気がでないし」

「ふーん、そうなんだ。ケロは今年で何回目なの？」

「三回目。知らない人ばっかりで気を遣うと思うけど。でも、みんないい人だから」

そんな話をしているとシゲさんが応援の人を連れて戻ってきた。手分けをして荷物を空にすると、荷台の蝶番《ちようつがい》を緩めて半分に畳み、持ち上げて狭い入口を通る。

ちょっとばかり細い道をリアカーを担いで抜けると広場に出た。午前中のまだ早い時間だというのに、あちこちに敷物を広げた大勢の人で賑わっていた。

広場の奥には川があり、その近くのひときわ大きな桜の木の下にオカミさんを囲んで人の輪ができていた。ざっと見た感じ三十人を超えている。

畳んだリアカーをそっと置くと、僕とケロも車座に加わった。

「おう、みんな揃ったな」

僕らが腰を下ろしたのを確かめるとシゲさんは「じゃあ、始めましょうか」とオカミさんに声をかけた。オカミさんは小さく頷くと、トートバッグから紫の風呂敷包みを取り出した。話をしていた人たちが静まり、オカミさんの手元をじっと見守った。

結び目が解かれた風呂敷包みからは額に入った写真が一枚でてきた。四十代半ばぐらいだろうか、にこやかに笑う男性の写真だった。少しばかり眺めると、オカミさんは桜の木に写真を立てかけた。

「あなた、今年もみんなが集まってくれましたよ」

みんなの視線が写真に集まった。僕は小声でケロに尋ねた。

「誰なんです?」

「オカミさんの旦那さん。確か二十年ぐらい前に亡くなったって言ってたかな。だから俺も会ったことはないよ」

五十歳ぐらいのおじさんが「大将!」と写真に向かって声をかけた。その隣に座っている女性は目元をハンカチで押さえた。

「欣《きん》ちゃん、ありがとう。りっちゃんもね」

オカミさんが声をかける。

「さあ、とりあえず乾杯しよう」

シゲさんの呼びかけに、ケロが目配せをして腰をあげた。僕は慌てて缶ビールの入った段ボールを開け、配ってまわる。その間に葵ちゃんとユーちゃんはお料理の詰まった重箱やプラスチックケースを広げ、紙皿と割り箸を配る。

広げられた大きな重箱には、オカミさんやユーちゃん、葵ちゃんの手料理がぎっしり。

唐揚げに玉子焼き、筑前煮《ちくぜんに》、太巻きに稲荷寿司《いなりずし》、小振りなおにぎりもあれば、サンドイッチやポテトフライまである。どれも美味しそうだ。

「みんな行き渡ったか？　大丈夫だな？　じゃあ、オカミさん、お願いします」

オカミさんは深く頷くと口を開いた。

「みんな、今日は集まってくれてありがとう。鈴原も喜んでいると思います。みんなもよく知ってるように、鈴原はお花見と花火が大好きでした。でも、それはきっと、みんなに集まってもらって、賑やかにするのが楽しかったんだと思います。なので、亡くなってからも、こうやってみんなが集まってくれることが一番の供養になると思います。忙しいだろうに、来てくれて本当にありがとう……。しんみりすると鈴原は機嫌を悪くすると思います。みんなたくさん食べて、いっぱい飲んで楽しくやりましょう。では、あらためて、皆さんの健勝を祈念して、乾杯！」

大勢が心を合わせて乾杯を唱和すると、こんなにも心に響くのかと驚いた。これまでも乾杯の場面に出くわしたことはあったけど、もっとふわっとして、特に心に残ったことはなかった。

飲み物のお代わりや料理を配ったり、空き缶やゴミなどを集めて回ったりと、あんまり腰を落ち着けて飲み食いはできなかったけど、そのお陰で参加している人たちと話をすることができた。みんな薬師湯の卒業生ばかりで、一番年上の人は僕の父親と同い年だということが分かった。ひとり卒業すると、新しく誰かが加わり、また誰かが抜けて……、そんな緩やかな入れ替わりをくり返しつつ、こうやって年に一回の花見にみんなが集まってくるという。その温かな輪に僕も加えてもらったことになる。

三十分ぐらい過ぎたころだろうか、シゲさんが声をあげた。

「さっ、あんまり飲み過ぎて訳が分からなくなるまえに、大将とオカミさんに近況報告をしてもらおうか。毎年のことだから分かってると思うけど、発表は年功序列。ってことで、今年のトップバッターは欣二《きんじ》、お前だ」

シゲさんに指名されたのは僕の父と同い年くらいのおじさんだった。

「うーん、顔ぶれを見て、しまったと思ったんだよ。なんで今年は忠《ちゅう》さん居ないの？」

ぼやきながら欣二さんは立ち上がった。

「忠は痛風の発作でドタキャンだよ」

シゲさんがそう答えるとみんなが笑った。どうやら毎年のトップバッターは忠さんという人らしい。

「えーっと、野村《のむら》欣二です。平成元年に薬師湯を卒業しましたから、かれこれ三十年以上前になります。今は小さな会社を営んでいます」

「小さくなんてないでしょ？　何十人も社員を抱えて何を言ってるの。変な謙遜《けんそん》はダメよ。小さな所帯ってのは、薬師湯みたいなところを言うの」

オカミさんがきっぱりと突っ込んだ。けれど、その声は温かく、つられて、みんなが笑った。

「自分でも不思議です、俺みたいなちゃらんぽらんな奴が曲がりなりにも会社を経営しているなんて。それもこれも、大将が根気よく仕込んでくれたお陰です。掛け算もまともにできない、漢字もろくすっぽ書けない俺に付きっ切りであれこれたくさんのことを教えてくれました。洗い場のタイルをブラシでこすりながら何百回も九九を言わされたっけ……。今でも夢に見ます。言い間違えてブラシの柄で頭を小突かれるのを。でも、夢でも会いたいです……。ああ、湿っぽいの大将は嫌いだったから、叱られちゃいますね。オカミさん、今日はお招きをいただき、ありがとうございました」

一言ひとことを絞りだすようにして話し終えると、欣二さんは深々と頭を下げた。シゲさんが柏手を打つような大きな拍手をすると、みんなも手を叩いた。

欣二さんは腰を下ろすと隣に座っていた女性の肩を叩いた。

「ほら、次は律子《りつこ》だろ?」

「えーっ、欣ちゃんの次に話すと歳がバレるじゃない」

律子さんはそう言って笑いながらも腰をあげた。

みんなは話をする人を見つめてじっと耳を傾けている。法事や親戚の結婚式の披露宴、それに部活のOB会など、大勢が集まる席に何度か呼ばれたことがあったけど、誰かが話をするからといって、みんなが静かに聞いているなんて、これまでに見たことがなかった。きっと、オカミさんやシゲさんが真剣な顔をして聞いているから自然とみんなも真面目に聞くようになるのだろう。

律子さんも薬師湯を卒業した年を言い、近況を短く伝えた。若く見えるけれど、もう二人も孫がいるという。オカミさんは「そうそう、とっても可愛い赤ちゃんなの。りっちゃんの年賀状を見て毎年癒されてるわ」と口にした。

話し終えると、自分より年下の参加者を指名するようにして次々と近況報告は淀みなく続いた。気が付けば僕が薬師湯に入る前に二階の二号室に住んでいたという人の番になっていた。

「木原《きはら》仁です。先月、薬師湯を出て卒業生の仲間入りを果たしました。四月からは大阪で働くことになっています。関西にお住まいの方もいらっしゃるようなので、あとでLINEの交換をお願いします。薬師湯は毎日オカミさんの手料理が食べられて幸せでした。けど、来月からは初めての一人暮らしで僕はきっとひもじい思いをするに違いありません。腹が減って死にそうになったら訪ねて行きますので、その時は何か食わせてください。よろしくお願いします」

「だから、時々でいいから台所も手伝いなさいって言ったのに……。不器用だから僕には料理なんて無理ですって逃げて回るから、困ることになるのよ」

オカミさんが呆れた声をあげ、みんながどっと笑う。

「さっ、じゃあ、現役生も挨拶をしな」

シゲさんが促すと「はい！　じゃあ最年長の私からやりまーす！」とユーちゃんが手を挙げて勢いよく立ち上がった。

「李雨桐と申します。木の下に子を書く李に、雨と桐箪笥の桐《きり》でリー・ユートンと読みます。日本に来て六年、薬師湯にお世話になって五年です。声優になりたくてマレーシアから来ました。最近、深夜に放送されているアニメや海外ドラマの吹き替えの仕事をポツポツもらえるようになりました。目指すは人気アニメのメインキャラです。頑張りますので応援してください」

「去年も思ったけど、なんか、声だけ聞いてたら外国育ちとは思えないね。うちの社員よりよっぽどしっかりとした日本語を話すと思うよ。凄いよねぇ」

欣二さんが感心したといった様子で深く頷いた。「ありがとうございまーす。欣ちゃんの会社でCMを作るような話があったら、ぜひナレーションで使ってください」と返しながらユーちゃんは腰を下ろし「ほら、次はケロでしょ？」と指差した。

「うーん、ユーちゃんの後は分が悪いなぁ。えーっと、この花見には三回目の参加になります。蛙石倫次といいます。苗字《みょうじ》が蛙石なんで子供のころから綽名はケロです。覚えやすいと思いますのでケロって呼んでください」

「うん、覚えてるよ！」

律子さんが声をかける。ケロはちょっと頭を掻いて「どうも」と応える。

「美大に通ってましたけど、なんか違うなぁって思って去年退学しました。まあ、在学中から、あれこれと気になった分野には片っ端から手を出したんですけど、どれも中途半端で、まだ『これは！』ってものには出会えてません。なので、一応、アーティストを名乗ってますけど、自称してるだけで仕事とは呼べません。なので、一日も早く自称がとれるように頑張ります」

ペコッと頭をさげると、ケロは腰を下ろし「さっ、葵の番だよ」と促した。葵ちゃんはもぞもぞと姿勢を直すと立ち上がり、「えへん！」と可愛い咳ばらいをした。

「佐山葵です。薬師湯にはケロと同じ時期に入りまして今年で三年目です。美容師の専門学校を卒業してブロードウェイの美容室『GENKO』で見習スタッフとして働いています。去年のお花見で『今年中にジュニア・スタイリストに昇格します！』と宣言しましたが、叶っていません。今年こそは頑張ります」

「あーっ、覚えてる！　そっかー、まだ昇格できてないのか……、残念だったけど今年は大丈夫な気がする。ジュニア・スタイリストになったら私が指名するから、すぐ連絡頂戴ね」

卒業生の一人が声をかけ、葵ちゃんは「はい!」と元気な返事をした。現役生の誰かが何かを言うと卒業生が温かい言葉をかけて励ましてくれる。誰が何を話すかなんて、その場にならないと分からないはずだから、自然とそんな声がでるような雰囲気になっているようだ。きっと、代々の卒業生にやさしくしてもらったから、自分もそうしようと思うようになるのだろう。

三人の上手な挨拶にぼんやりと聞き惚《ほ》れていたら、何時の間にか、みんなの視線が僕に集まっていた。ユーちゃんもケロも葵ちゃんも、三人とも大勢の前で話すことに慣れているのか上手過ぎて困ってしまう。それに、みんなの話を聞くことに一生懸命になりすぎて、話すことを何も考えていなかった。

「ほら、蓮。あなたの番よ」

葵ちゃんが僕の背中を押した。

「大トリだからな! ちゃんとオチをつけろよ」

ケロが茶化す。自分が終わったからって……、そんなにハードルをあげないでよ! と思いながら、もそもそと立ち上がった。

車座になったみんなの視線が一斉に僕の方を向いた。僕は人見知りなうえに上がり症で、普段だったらパニックを起こしていてもおかしくはない。けれど、みんなの眼差《まなざ》しが温かいからだろうか、不思議と落ち着いていた。

「えーっ、と。手塚蓮と言います。薬師湯には少し前に入ったばっかりです……」

落ち着いているはずなのに、なぜだか上手く言葉が出てこない。慌てて口を開くけれど、声に力が入らない。

ふと、中学時代の学級会で何かを提案しかけて、その理由が上手く説明できなかった時にクラスのみんなから囃《はや》し立てられて泣きそうになったことがフラッシュバックした。さっきは大丈夫だと思ったけど、急に不安になった。

どれぐらい時間が経っただろう、多分、十秒ぐらいだとは思うけれど、僕にはとても長く感じた。きっと聞いてるみんなは、もっともっと長く感じたに違いない。でも、誰も冷やかしの声を上げることもなく、優しい眼差しで僕の話を待ってくれた。

「蓮君、ゆっくりで大丈夫よ。話せることを、話したいことを、無理のない程度にゆっくりと話してくれれば、それでいいのよ」

オカミさんが柔らかな声をかけてくれた。

「……ありがとう、ございます」

僕が頭をさげると、オカミさんは微笑みながらゆっくりと頷いた。

ひとつ大きな深呼吸をすると、僕は口を開いた。

「えっと、来月、やっと大学に入ります。高校時代もけっこう真面目に勉強していたつもりだったんですけど、希望したところには入れず、気が付けば二年も浪人をすることになってしまいました。何度かくじけそうになりましたけど今年やっと希望する大学に合格することができました。なので二年もかかって、やっと、やっと東京に出てきたというのが正直なところです……」

なぜだか分からない。不意に浪人時代のあれこれが頭の中で広がって、あっと言う間に一杯になった。頑張っているつもりなのに模試の点数があがらず、予備校の講師からは「焦らずに基礎からしっかり勉強しないと」と何度も諭された。高校時代の友人らがＳＮＳにアップしている楽し気な大学生活に何度も何度も嫉妬した……。

ほんの一瞬のはずだけれど、気が付けば涙が頬を伝っていた。慌てて手の甲で拭ったけれど、その様子を笑う人は誰もいなかった。ただ、温かな眼差しで僕が話の続きを始めるのをじっと待ってくれていた。

「……だから、今の僕には皆さんにお話しできることが何もありません。ユーちゃんやケロ、葵ちゃんみたいに、これを頑張ってますって言えることが僕には何も……。とりあえず、ちゃんと学校に通って、何か打ち込めることが見つかるといいなって思います。来年、この花見に参加することができたら、その時には何かしっかりとしたことを報告できるようにしたいと思います」

話し終えた僕が頭を下げて座ろうとすると、車座から声がかけられた。

「……きっと、君が頑張った二年間には、ちゃんとした意味があったと思うよ。その証拠に、希望していた大学の合格をつかみ取ったじゃないか。それで十分だと僕は思うけどな。それに、それ以上の意味があったことを、いつか分かる日がきっと来るよ」

　声の主は仁さんだった。

「それとね、勝手な解釈だけど、二年浪人をしたから、君は薬師湯に来れたんだと思うよ。だって、そうでなかったら僕と入れ違いで二階の二号室に入ることはできなかったんだから」

「うん、そう、そうだ。二浪？　君は二十歳だろうから二年間を途轍《とてつ》もなく長く感じるのかもしれない。なんせ、これまでの人生の一割にあたる訳だから。けど、これから四十、五十って年を重ねたら、その割合は毎年薄まって行くんだぜ」

　欣二さんがなぜだか恥ずかしそうに鼻の頭を掻きながら笑った。

「それ、大将の受け売りだろう？　偉そうに言うなよ」

　すかさずシゲさんが突っ込むと「だから遠慮気味に言ったじゃない」と抗弁した。

　その様子を見やりながら仁さんは立ち上がると、僕の隣にやって来て肩を叩いた。

「二階の二号室って出世部屋なんだよ。卒業して行った先輩たちは、みんな大成功してる。心配しなくても君の未来は明るいよ。僕が保証する」

「あっ、三号室だって出世部屋だぜ！　なんせ、俺みたいな人間がこんなに立派になったんだからさ」

欣二さんも立ち上がると僕の肩に手を回した。

「あーっ、ってことは俺もそろそろ芽がでてもおかしくないってことですね？」

ケロが欣二さんの肩に手を回す。

「何を言ってるの、うちには出世部屋しか用意してませんからね」

オカミさんが笑う。桜の木に立てかけられた額に納まった大将も笑っているようだ。

「私、来月オーディション強化月間なんです。そろそろ大役をつかめますかね？」

「もちろんよ！　私が太鼓判を押すわ」

律子さんがユーちゃんとハイタッチをした。

「ちぇっ、万年風呂焚き当番の俺様はどうなるんだよ？　もしかして、一号室だけハズレってか？」

シゲさんがボヤくと、みんながどっと沸いた。

「じゃあ、ハズレ部屋で万年釜場の面倒を見ている俺は近況報告もへったくれもないから、例年通り一曲披露させてもらおうかな」

何時の間に用意したのか、胡坐《あぐら》をかいたシゲさんの膝にはギターがあった。ピックで弾きながら弦をチューニングしているうちにシゲさんの表情が変わった。

「何時の間にギターなんて」

腰を下ろしながらケロに尋ねた。

「来るときにシゲさんがリアカーに載せたじゃない。あれだよ」

ケロが僕の耳元に口を寄せて教えてくれた。あんなに沸いていたのに、皆がしんと静まり返った。

「ちょっ、ちょっと待って！　えーっと、はい、ＯＫ」

ユーちゃんが慌ててスマホをスタンドにセットし録画をスタートさせた。

「なんだか緊張するな、カメラが回ってると思うと」

「だって、来れなかった人たちから『録画して！』って頼まれてるんだもん」

シゲさんは小さく笑うと、ピックを弦にそっとあてた。

はらはらと舞う桜の花びらに、ギターの調べがゆったりと流れる。その静かなギターの音に囁《ささや》くようなシゲさんの声がシンクロする。

満開に咲き誇る桜が、潔く散りゆく様子を人の一生になぞらえるような歌詞が、ポツリポツリとギターの音の間に差し込まれてゆく。

無邪気な子どもは大きな夢を抱き、町へと飛び出してゆく。けれど成長するに従って、それまでは見えていなかった壁にぶつかり、夢はしぼんでしまう。それでも一生懸命に頑張っていれば、しぼんでしまった風船をそっと抱き上げて温かい言葉でもう一度大きく膨らませてくれる誰かにきっと出会える。そして、自分一人だけの小さな夢は、誰かと一緒に描く大きな大きな夢へと生まれ変わる。夢は大きくなればなるほど簡単には叶わない。だから、その夢は次の世代へと託される。どんな夢も必ず叶う、諦めなければ、託された誰かの手によって、いつかきっと……。

そんな意味合いの歌詞が語りかけるようにしてギターの調べにのって漂っている。中野通りを行き交う車の騒音や、他の花見客の声は遮断されてしまったかのように聞こえず、ただギターとシゲさんの声だけが心に響いた。音が届く空間にだけ、結界でも張られたかと思うように、時間の流れが穏やかになり、ただただ、その響きに耳を傾けている人たちだけで、言葉を交わしていないのに一つになったような気がした。

どれぐらい経っただろう。シゲさんが弦からピックを外すと、オカミさんが拍手をした。その双眸《そうぼう》からは涙が溢《あふ》れていた。

「もう……、今年は泣かせないでってお願いしたのに。毎年毎年、嫌になっちゃう」

「……すみません」

シゲさんは短く詫《わ》びてギターをケースに仕舞った。

「驚いたでしょ？」

葵ちゃんが悪戯《いたずら》っ子のような顔を僕に向けた。その頬も涙で光っていた。

「うっ、うん。なんか、ギャップが凄すぎて何て言ったらいいのか分からない」

スマホをいじっていたユーちゃんがニッコリ笑った。

「よし！　今年は上手に録れた。去年は途中で落っことしちゃって雑音が入ったんだよね。だからスタンドをわざわざ持ってきたのよ。今年はバッチリ」

「あっ、それエアドロップしてくれない？　シゲさんが本気で歌ってくれることなんて滅多にないんだから」

　ケロがスマホを差し出した。

「こら！　著作権侵害だぞ。印税払え」

　シゲさんが笑う。

「プロの歌手を目指してたのよシゲさんは。修業として新宿で流しをしてたらしいんだけど質《たち》の悪い奴らに絡まれて……。その時にたまたま居合わせた大将が助けてくれたんだって。それが切っ掛けで薬師湯で働くようになったんだよね？」

　そう教えてくれた葵ちゃんをちらっと見やると、オカミさんは深く頷いた。

「ねえ、シゲさん、私はもう何度も聞いたことがあるけれど、よかったら鈴原と初めて出会った時の話を、みんなにしてあげて欲しいんだけど」

　オカミさんに深く頷くとシゲさんが口を開いた。

「もう随分と昔の話だよ。俺は歌舞伎町《かぶきちよう》のスナックやクラブで流しをしてた。客のリクエストに合わせて歌謡曲や演歌はもちろん、民謡でもなんでもね。一生懸命にやっていたつもりだったけど、ある晩、チンピラに絡まれた。よく分からない理由で、ほとんど難癖《なんくせ》に近かった。『目つきが気に入らない』とか『下手くそな奴が金をとって歌ってるのが気に入らない』とか……。胸倉をつかまれたと思ったら足下を掬われて、気が付いたらよってたかって蹴られていた。しかも、商売道具のギターまで叩き壊されて。挙句に、左手の指を折ろうとしやがった。それを止めに入ってくれたのが鈴原の大将なんだ」

シゲさんは言葉を切ると桜の木に立て掛けられた額をじっと見つめた。

「ちょっと大きなクラブでさ、大将は奥の方のボックス席で飲んでたようなんだけど、騒ぎを聞きつけて俺が組み伏せられている入口近くのカウンターまで出てきてくれた。で、『お前たち、楽しく酒を飲む場所で何を騒いでる』ってチンピラを一喝《いっかつ》した。連中は属している組織の名前を口にして『素人はすっこんでろ!』と啖呵《たんか》を切り、『とにかく、こいつの指をへし折らなきゃあ気がすまねぇ』って凄むんだ。大将はカウンターに立ってるバーテンに『この歌い手は指を折られなきゃあならないほどの失礼を働いたのか?』って静かに訊《たず》ねた。バーテンは返事に困りながらも大将のオーラに参っちまって『いっ、いえ、特に』って返事をした」

みんな、瞬きをするのも忘れてシゲさんの話に聞き入っている。

「じっとチンピラの顔を見据えると大将は左手を差し出した。『何があったか知らないが、そんなにむしゃくしゃして誰かの指をへし折りたいなら、俺の左手で勘弁してもらえないか。どうやら、こいつはギターを弾くようだから左手が不自由だと困るだろう。そいつは少しばかり可哀想《かわいそう》だ。俺はしがない銭湯の親父だから、多少不自由でもなんとかなる。さあ、五本ほどしかないけれど、思う存分にやっていいぜ』って。その迫力に圧倒されちまったチンピラは床に尻もちをついた。その体を起こしてやると、大将は『勘弁してくれるのかい？　そうかい、それは良かった。まあ、気分を害したなら申し訳ない。これで、どこか河岸を変えて飲み直してくれ』とポケットに万札を何枚かねじ込むと店の外へと送りだした」

そこまで聞いて、誰かが大きく息を吐いた。その気持ちはよく分かる。僕も聞いてるだけなのに肩に力が入ってしまった。

「チンピラが出て行くと、バラバラになって床に散らばったギターの破片を一緒になって拾ってくれた。『よく我慢したな。ギター、こんなにされちまって……』そんな言葉をかけてくれた。思わず俺は泣いちまったよ。東京に出てきて、どんなに辛《つら》くても泣いたことなんて一度もないのに」

シゲさんは言葉を区切ると、空を見上げた。きっと、そのまま話を続けたら涙が溢れてしまうと思ったのだろう。しばらくすると、呼吸を整えて話を続けた。

「もらった紙袋に壊れたギターを突っ込んで店を後にすると、すぐに大将が追いかけてきた。『おい、これから新しいギターを買いに行こう』って。今だったらドンキとかがあるけど、昭和の終わりころだったから深夜の新宿で楽器を買えるような店はなかった。どうするのかと思ってたらタクシーを捕まえて『高田馬場《たかだのばば》まで』って。着いたところは質屋だった。当然、店は閉まってたんだけど大将の知り合いだったみたいで、通用口から中に入れてもらって、ギターをありったけだしてもらった。学生なんかが持ち込むんだろうね、結構、色んなものがあって驚いた。その時に買ってもらったのが、こいつなんだ」

シゲさんはそっとギターのケースをなでた。

「マーティンD-28。一目惚《ひとめぼ》れだね。でも、とても手が出る値段じゃなかった。すると大将が『商売道具に金をケチってるようじゃ一流になれねぇぞ』って。『今日は散々な目に遭ったただろうけど、これで帳消しになるといいな』って買ってくれた」

「もうビンテージの部類に入るだろうから、今なら軽く百万ぐらいするだろうね」

ケロが口を挟んだ。

「俺が流しで稼ごうと思ったら一年やそこらじゃあ間に合わないような値段だった。それを惜しげもなく買ってくれた。最初は『とても受け取れません』って尻込みをしたんだけど、『ただでくれてやる訳じゃない、お前への投資だ。そうだな、利子は週に一度でいいから、俺の店を手伝いに来い』って」

「その晩よね、シゲさんが初めてうちに来たの。ああ、晩というよりも明け方ね」

オカミさんがしみじみとした声を零した。

「質屋から出ると『ちょっと、どこかで飲み直そう。でもって、お前の歌を聞かせてくれ。さっきは途中で余計な邪魔が入ったからちゃんと聞けなかった』って。それから大久保のスナックで明け方まで何曲歌ったかな。気が付いたら薬師湯の脱衣所で大将と一緒になって寝転んでた」

「本当にびっくりした。朝になって店に出てみたら、うちの人とシゲさんが二人して伸びてるんだもの」

オカミさんの声にみんながドッと笑った。

「俺が道端で寝てしまうと凄い勢いで説教するのに、なんだ、シゲさんも同じようなことをしてたんだね」

ケロが突っ込むとシゲさんが「面目《めんぼく》ない」と笑った。

「本当は三年で薬師湯を卒業するって約束だったんだ。『ぜったいにプロになれ!』って大将は随分と支援してくれたんだけど……。果たせず仕舞いで申し訳なく思うよ」

「何を言ってるの、あの人こそ『シゲが成功するのを必ず見届ける』って約束をしたのに……。お互い様よ。ね、だから気にしないで」

オカミさんがシゲさんの肩を揺する。

「ま、そんな訳で、俺は夢を追ってる奴を絶対に笑わないって決めてるんだ。笑ってしまったら、昔の自分を笑うことになるからな」

その後、お昼過ぎまで皆でゆっくりと語り合い、料理とお酒を堪能《たんのう》した。あんなにたくさんお酒を飲んだのは初めてなのに、なぜか悪酔いはしなかった。きっと、やさしい人たちの言葉が僕を癒してくれたからだろう。

＊＊＊＊

三月二十九日（日）　天気：晴れ　　記入：李雨桐

今日は薬師湯恒例のお花見。オカミさんと葵、私の三人で手分けをして、朝から大量のお弁当を作る。私は鶏《とり》もも肉の唐揚げを担当。昨晩から塩麴《しおこうじ》を使ったタレに漬け込んでおいたお陰で柔らかくてジューシーに仕上がった。面倒だったけど、二度揚げしたこともあって、時間が経ってもパリッとした衣で評判も上々！　将来、マレーシアに帰って仕事がなかったら唐揚げ屋さんをやるのも良いかも。

オカミさんとシゲさんが吟味《ぎんみ》しただけあって、今日も天気に恵まれて満開の桜の下でお花見をすることができた。春休みに入っているからか、哲学堂公園はすごい人出。薬師湯の卒業生が場所取りをしておいてくれたお陰で、今年も一番大きな桜の下で車座になることができた。

今年の参加者はオカミさんやシゲさん、現役生を含めて三十二人。毎年のこととはいえ、こんなにも大勢が集まるのはやっぱり凄い。そういえば、昨年、録音に失敗したシゲさんの歌を今年は上手に録音できた。許しをもらって薬師湯の公式アカウントにすぐアップすると、早速、卒業生の何人かから反応が！　苦労した甲斐があった。

夏

「あー、もう！　葵は溜め息ばっかり。いったい、どうしたの？」

掃除も仕上げにかかったころ、ユーちゃんが大きな声をあげた。

「……ごめん」

「あのねぇ、別に謝って欲しい訳じゃないよ。けど、大丈夫？　そんなに深い深ーい溜め息を連発されちゃうと気になって仕方がないよ」

ユーちゃんは僕が拭いたタライをピラミッド状に積み上げる作業を放り出し、鏡を磨いていた葵ちゃんの肩に手を置いた。

「うん、うん、あの、大丈夫。大丈夫だから……」

大丈夫と言いながら、葵ちゃんは雑巾《ぞうきん》を床に放ると、浴槽の縁に腰を掛け、

「はぁーーーっ」とまたひとつ深い溜め息をついた。

「ぜんぜん、大丈夫じゃないじゃん」

ユーちゃんは呆れた顔で僕の方をふり返った。どうリアクションしたら良いのかさっ

ぱり分からない。せいぜい小さく首を傾《かし》げるぐらいしか思いつかない。

「ほら、終わったんなら、上がりなさい」

脱衣所の掃除をしていたオカミさんが声をかける。

「お夜食にラーメンを用意するから、さっさと片付けて食堂に集合すること！　これからお湯を沸かして茹《ゆ》でるからね。伸びちゃっても知らないわよ」

そう言い置くと顔を引っ込めた。

「さあ、ラーメンを食べながら、話をゆっくりと聞こうかしらね」

ユーちゃんは葵ちゃんの腕を引っ張って立たせると、「蓮は道具の後片付けをよろしくね～」と言い置いて出て行った。

「はいはい」

ブラシや雑巾、手袋といった道具類をバケツに放り込むと、僕も二人の後を追った。

それは四月も残すところ数日といった月曜の晩のことだ。


「えーーっ、また落ちたの？」

ユーちゃんは深夜に相応《ふさわ》しくない大声をあげた。テーブルにはみんなが食べ終えたラーメン鉢が並んでいる。

「おい、もうちょっと声を落として。それに、なあ……」

シゲさんが眉間に皺を寄せて首を振る。

「ありがとう。けど、ユーちゃんの言う通りだから」

葵ちゃんはポツリと呟くようにシゲさんに応えた。「落ちた」と言っているのは、勤め先の美容室で行なわれた『ジュニア・スタイリスト』への昇格試験のことだ。

葵ちゃんは高校を卒業すると美容専門学校に通い、国家資格を取得した。その後、現在勤めている中野ブロードウェイにある美容室『GENKO』で見習として勤め始めた。すでに四年が過ぎており、とっくにお客さんの髪に鋏《はさみ》を入れることが許される『ジュニア・スタイリスト』に昇格していてもおかしくないのだ。

「でも、また次の機会があるんでしょ？」

オカミさんがみんなの湯呑みにお茶を注ぎながらやさしく声をかけた。

「はい、オーナーからは『また二ヶ月ぐらい経ったらチャンスをあげる』って言われてます。けど……、どうにも受かる気がしなくて。私、美容師に向いてないのかな」

「向いてないなら、長く続けられてはいないはずだ。学校に二年、勤め先に四年？　だったか。かれこれ六年も頑張ってんだ、向いてないことはないと思うけどな」

シゲさんがお茶をすすりながら小さく首をふった。

「そうねぇ……。けど、ゲンコは何が良くないって言ってるの？　不合格にするなら、理由ぐらい教えてくれるでしょう」

オカミさんが言った『ゲンコ』とは美容室『GENKO』のオーナーであり、同店のトップ・スタイリストである堅田巌《かただいわお》のことだ。

「……具体的なことは何も。もちろん、『ヒントだけでも教えてもらえませんか？』って何度もお願いしたんですけど。ただ『自分で考えてごらんなさい。って言うか、薄々分かってるんじゃない？　何がダメなのか』って」

「うーん、ゲンコっぽい答えね。あの子は、変に頑固《がんこ》って言うか、厳しいところがあるのよね、昔っから」

オカミさんは小さく溜め息を零した。

「あっ、ほら、葵の溜め息がオカミさんに伝染《うつ》ったじゃん」

ユーちゃんが笑いながら葵ちゃんの肩を揺する。やっと小さく微笑み「ごめんなさーい」と葵ちゃんが舌を出した。

「あの、ゲンコさんて、オカミさんの知り合いなんですか？」

ゲンコのことは中野ブロードウェイや薬師あいロードで何度か見かけたことがあった。髪型もファッションも個性的で、ある種のタレント性を感じさせる人だ。美容師としての腕前は超一流で、しかもゲンコにカットやカラーをしてもらうと運気があがると評判。スポーツ選手や芸能人の贔屓《ひいき》客も大勢いる。

それだけの人気店なら六本木《ろっぽんぎ》や渋谷《しぶや》など、おしゃれな街に移転してもおかしくないのだが、ゲンコは最初に店を開いた中野から出ようとしない。しかも、いわゆる〝町中の美容室〟といった価格を頑《かたく》なに守り「薄利多売が商売の基本よ！」と、一年中、忙しくしている。

「うん、実は同郷でしかも中学の同窓生なの。彼は結構な苦労人で、小学生のころから新聞配達とか、工場の荷物運びなんかをして、ずっと働いてたわ。私もそれなりに貧しかったから、なんとなく通ずるところがあって色々と話をする仲だったの。でね、ゲンコは中学を卒業すると同時に街をでちゃった。『学費がかからずに給料までもらえるから』って自衛隊の工科学校に入ったのよ。まあ、私も就職して上京したから、似たようなものなんだけど……。それから随分と間があいて、何十年ぶりだったかしら、ブロードウェイでばったりとゲンコに再会したの。あれには本当にびっくりした」

「へぇ……」

その話は、あの個性的な出で立ちとは随分とかけ離れていて、思わず間の抜けた返事をしてしまった。

「しかし自衛官だった人が、なんで美容師になったんだか……」

僕も不思議に思っていたことをシゲさんが質問してくれた。

「もともと美容師の仕事に興味はあったらしいわ。けど、専門学校の学費を工面《くめん》するなんて無理だと悟って、一旦は諦めたそうよ。それで、さっきも言ったように自衛隊の工科学校に行ったんだけど、成績が良くて『防大を受けろ』って教官に言われて断れなかったみたい。で、防大に進んでしまったら真面目な性格だから任官拒否なんてできなかったのね。『お世話になった人たちに申し訳が立たない』って。それで十年ちょっとかな？陸上自衛隊で頑張ってた。確か最後は一尉《いちい》って階級で中隊長だったって聞いたことがあるわ。二百人からの部下を指揮するようなお偉いさんだったのに辞めちゃった。まあ、本人にしたら念願叶って美容専門学校に入れた訳だからよかったんだろうけど……。学校を卒業して国家資格に合格したら有名店の一兵卒からやり直して、自分のお店を持ったのは四十代半ばを過ぎてからよ」

シゲさんが「それはかなりの回り道ですね」と唸った。少しばかり考え込むように俯くと、僕たちの方を向き直った。

「今の話はオカミさんみたいな古い友人しか知らないことだろうから、なるべく触れないでおいてあげることだな」

シゲさんは葵ちゃんの顔をじっと見つめながら言い聞かせた。

「まあ、ゲンコのことだから、意味もなく不合格にしている訳じゃないと思うわ。とにかく、葵ちゃんが真面目に努力してるってことはゲンコも認めてると思う。だから、諦めないでもうひと頑張りするところじゃない？」

オカミさんはみんなのラーメン鉢や湯呑みを集めて椅子から立った。

「あの、なんでゲンコって綽名なの？」

ユーちゃんがテーブルを布巾で拭きながらオカミさんの顔を見た。

「うーん……。中学二年の時かな、クラスでいじめられている子がいたのよ。ああ、私じゃあないわよ。それを見かねたゲンコがね、いじめてる奴らに言ったのよ。『おい、お前ら、自分より弱い相手をいたぶって楽しいか？　俺はお前らがやってることを見ると気分が悪い。なぁ、俺と勝負しようぜ。お前らが俺を百発殴って、それでも立ってたら俺の勝ち、ぶっ倒れたらお前らの勝ち。どうだ？　楽勝だろう。けど、俺が勝ったら、二度とこいつにちょっかいを出すな。ってか、俺の周りで誰かをいたぶるような真似を二度とするな』って」

「……って、どっ、どうなったの？」

葵ちゃんがぎゅっと唇を嚙み締めるのが目の端で分かった。

ユーちゃんが先を促す。

「その日の午後に学校の近くの神社の裏で勝負があったらしいわ。後から聞いた話だけど……。両手を後ろに回して『反撃したりしないから、思う存分殴ってみろよ。ああ、顔は止《や》めておけ。いや、別に俺はいいんだけど跡が残ったら、先生に色々と聞かれて面倒なことになる。ほら、どうした？　遠慮するなよ』って笑ったんだって。いじめっ子たちは三人で代わる代わるゲンコのことをボコボコにしたらしいけど、呻《うめ》き声のひとつも漏らさずにゲンコは立ってたんだって。最後は殴る側が息を切らせて倒れちゃったって。その時に吐き捨てるようにして言ったらしいの、『お前らの拳骨《げんこつ》なんて、これっぽっちも効かねぇぜ』って」

「で、その拳骨が縮まってゲンコって訳か」

シゲさんが小さく息を吐いた。

オカミさんは頷いた。

「なんか、聞いてるだけで疲れちゃった。私はもう寝まーす。葵、とにかくメゲてる場合じゃない♪　次は絶対合格って気持ちでガンバっ」

ユーちゃんは、なんだかよく分からないアニメキャラになりきった声で葵ちゃんを励ますと食堂から出て行った。

「明けない夜はないって言うだろう？　とにかく精進《しょうじん》あるのみ」

椅子から立ち上がったシゲさんは大きく伸びをすると、葵ちゃんの肩を叩き、ユーちゃんの後に続いた。僕も何か声をかけるべきなんだろうけど、何も出てこなかった。

翌日、朝食の時間になっても葵ちゃんは起きてこなかった。

「まぁ、今日は美容室の定休日だし、たまには寝坊してもいいんじゃない？」

オカミさんはユーちゃんのお代わりをよそいながら答えた。

「昨日の今日だし、無理もないよ」

ユーちゃんは大盛りご飯のお茶碗を両手で受け取ると、ガツガツと食べだした。ユーちゃんは、いつもびっくりするような量を食べるのに、ちっとも太らない。カロリーはどこへ行ってしまうのかと不思議に思う。

「いずれにしても、私たちは黙って見守るしかないわ。あんまり、腫れ物に触るようにするのもどうかと思うし。とにかく、普段通りにしましょう」

オカミさんはそう応えると新聞に目を落とした。これまでにも大勢の居候を見守ってきただけに落ち着いている。

「でも、落ち込む気持ちは分からなくはないよ。連戦連敗で滅多なことでは受からない私でも、オーディションに落ちた直後は泣きたくなるもの」

「そこから、どうやって立ち直るの？」

僕の問いにユーちゃんはもぐもぐとご飯を咀嚼《そしゃく》しながら考え込んだ。

「うーん、どうしてるんだろう？　思いっ切り食べて、爆睡するぐらいかな？　ああ、あと次のオーディション日程を確認して、そっちに注意を向けて頭を切り替えるとか。結局のところ自分でも、よく分からない」

その返事に僕は小さく溜め息を零した。

その日、どうにも気になって、一時限目の授業が終わると、僕は早々に薬師湯に戻った。けれど、葵ちゃんはいなかった。

「あら、早いわね。葵ちゃん？　十時ごろに起きてきて、どこかへ出かけたわよ。え？　さぁ、行き先は特に何にも言ってなかったけど」

「そう、ですか……」

会ったところで、何がどうなる訳でもないのだけれど、葵ちゃんを独りぼっちにしておくのは良くないような気がしていた。

荷物を部屋に置くと、何度か一緒に出掛けたことのある新井薬師や北野神社、さらには近くの公園などを見て回ったが、その姿を見つけることはできなかった。

仕方なく、とぼとぼと薬師あいロードに戻ってくる。そろそろお昼時とあって、飲食店の軒先から美味しそうな匂いが漂ってきた。昔ながらのお蕎麦屋《そばや》さんや中華料理店、惣菜店やパン屋さんなど、どれも美味しそうだ。他にもエスニック料理やイタリアンなど新しいお店もちらほら見える。

ちょうど焼きそば専門店の前を通りかかったときだった、大きなガラス窓の向こうにゲンコの姿を見つけた。

慌てて店内に入ると、ゲンコはカウンターに座り、オープンキッチンの様子を熱心に眺めていた。ゲンコの隣が空いていたので、店員さんに奥の席を勧められたが断ってそこに座った。

腰を下ろす僕をゲンコはちらっと見た。

そこへ店員さんがゲンコが頼んだと思しき焼きそばと、僕のお冷を持ってきた。

「あっ、あの……」

「あのね、あなたが誰だか知らないけど、そんな切羽詰《せっぱつ》まった顔をして何なの？　とにかく食事が不味《まず》くなりそうな話は食べ終わるまで止めてちょうだい。普段は仕事の合間におにぎりやサンドイッチで手早く済ませてる私にとって、お休みの日のご飯は一番楽しみなんだから」

よく見ればゲンコの手元には生ビールのジョッキがあった。僕はゲンコの前に置かれた皿を指さして「同じものを」と注文し、聞かされたばかりの忠告を無視してゲンコに話しかけた。

「あの、食べ終わったらでいいので、少しだけ時間をください」

「なに？　そもそも、あんた誰」

僕は名乗り、葵ちゃんの知り合いだと答えた。

「へぇ、あの子にも、彼氏ができたんだ？」

驚いたといった顔でビールを飲み干す。

「いっ、いいえ、僕はただの同居人と言いますか」

「えーっ、あの子、何時の間に同棲《どうせい》なんて始めたのかしら」

「あっ、それは、その、ちょっと違うと言いますか、その、あの」

慌てる僕の顔を面白そうに眺めると、「ビールのおかわり。それと、ソース焼きそばも作り始めてちょうだい」と店の奥に声をかけた。

「冗談よ。とにかく、しばらく黙ってて」

そう言うなりゲンコは焼きそばを頬張り「ああ、美味しい」と声を漏らした。そこへ届いた二杯目のビールを喉を鳴らして飲み、幸せそうな笑みを浮かべた。

「……あの」

ゲンコは箸を置くとゆっくりと首を振った。

「何度も言わせないで、とにかく食べ終わるまで放っておいて」

僕が諦めて口を閉じると、「うん、それでよし」と頷き、焼きそばに向き直って食べ進めた。その食べる速さはかなりのものだけれど、ゲンコの食べ方は丁寧で、品格のようなものさえ感じさせた。

「はい、お待たせしました。出汁焼きそばです」

ゲンコの食べっぷりに感心していると、僕の目の前に同じ一皿が届けられた。そしてゲンコの前には「ソース焼きそばです」という言葉が添えられて異なる見栄えの皿が置かれた。

「美味しそうでしょ？　ひと口、欲しいだろうけど、あーげない」

「いいです。僕は近所ですから、そっ、それは、明日食べます」

僕はちょっとむきになってそう応えると割り箸を手にした。カウンターに置かれたメニューを見れば、焼きそばにしては結構な値段で、二日連続で食べるとなると、懐はちょっと痛い。

目の前の品は、『焼きそば』と言われなければパスタかと思うようなビジュアルだ。陶板《とうばん》のようなお皿に卵の黄身を思わせる明るい色の麺が盛られ、その上に二つに割った半熟卵と生ハムのような薄切りのチャーシュー、その横には絹さやが添えられ、全体に粗びき胡椒《こしょう》が振ってある。

麺に箸を差し込み、ざっくりつまむと頬張る。口に入れた瞬間、出汁の旨味が広がった。咀嚼すると小麦の香りがし、出汁と相まって美味しさが鼻に抜ける。チャーシューはしっかりとコクがありつつ、ほろほろと解けるように柔らかい。気が付くと皿の上は空になっていた。

ふと横を見るとゲンコが紙ナプキンで口を拭っていた。その顔は満ち足りたといった様子で、僕の存在なぞ忘れているようだ。

「あっ、あの」

落ち着いてお冷を飲む暇もなく料金を支払うと、先に店を出ていたゲンコの後を慌てて追った。

「なんだ、まだ居たの？」

「食べ終わりました。ちょっと、ちょっとだけいいですか？」

ゲンコは深い溜め息をつくと「食後の珈琲《コーヒー》もセットなのよ、お休みの日の昼食は」と答え、「付いてきな」といった感じで顎をしゃくった。

少し歩くと、道路に面したウッドデッキにテラス席を設えたカフェがあった。空いている席を見つけるとゲンコは先に腰を下ろし、財布を僕に差し出した。

「この店、セルフサービスなの。私はアイスオレのラージ。あんたも何か好きなのを買いなさい、どう見ても私の方が年上でしょうから奢《おご》ってあげる」

「……はぁ」

早く行きなさいよ！　と言わんばかりの目力に負けて注文カウンターへと急いだ。

結局、ゲンコと同じもののスモールを注文し、トレーをもって席へと戻った。

「なに？　私に合わせなくても好きなものを頼めば良かったのに。ここはほうじ茶ラテとか季節の果物を上手に使った紅茶なんかも美味しいのに」

「そんなお洒落なものは飲んだことがありません」

「ふーん、葵の彼氏でないことは間違いないわね。あの子は、そういう変わったのを臆せずに注文する度胸があるから、付き合ってれば一緒に飲んでるはずだもの」

紙製のストローを差したグラスを弄《もてあそ》びながらゲンコは僕の顔をしげしげと見た。なんだか品定めをされているようで、居心地が悪かった。

「で、何？　話って」

不意に本題に入ったので僕はちょっと慌てた。

「昨日、随分と落ち込んで葵ちゃんが帰ってきました。あの、一緒に住んでいると言いましても、同棲とかではなくって……」

ゲンコはクスクスと笑いながら首を小さく振った。

「知ってるわよ、葵が京子のところに厄介になってることぐらい。どうせ、あんたも薬師湯で世話になってるクチでしょ？」

なんだ、分かっててからかってたのか……。ちょっと腹が立ったけど黙っておいた。

「えーっと、まあ、そうなんですけど。話はそういうことじゃあなくて、なんで葵ちゃんはジュニア・スタイリストの試験に不合格なんですか？　それなりに経験は積んでると思うんですけど」

「へぇ、あの子、ちゃんと落ち込んでたんだ。ちょっと、ほっとした。私の前では平然とした顔をしてたから、逆に心配してたんだけど。それで、なんであんたが不合格の理由を知りたがる訳？」

ゲンコはグラスをおくと姿勢を正して僕の顔をじっと見た。その真剣な顔は焼きそばを楽しんでいた時と異なり、美容室のオーナー兼トップ・スタイリストとしての顔といった感じで、あまりの変貌に僕は縮み上がった。

「いっ、いや、聞いたところで、何ができる訳でもないんですけど……」

　ゲンコは黙ったまま、話の先を待っていた。

「先が見えないって辛いんです。僕、二年も浪人をしまして、高三から数えると大学受験に三年も費やしたんです。現役の時はギリギリまで部活をやったからだって言い訳を見つけられたんですけど一浪目もダメで、さすがに二浪の一年間は本当に大変で。幸いにも面倒見のよい先生に恵まれて、なんとか乗り切ることができましたけど……。でも、結果がついてこないのに頑張り続けるのは本当にしんどいんです。このまま信じて頑張り続けてて良いのかって不安になるんです」

　ゲンコは右の眉をピーンッと吊《つ》り上げた。

「で、葵も先が見えないから辛いとかって言ってたの？」

「いえ、別に。ただ、溜め息ばかりついて元気がないんです。普段はほっぺたに『元気！』ってハンコでも押してあるような勢いなんですけど」

「ふーん。まあ、けど……、私から言えることは特にないわ」

　思わず深い溜め息が出て、背もたれに体を預けてしまった。ゲンコはクスクスと笑うと大きく首を振った。

「そんなにガッカリされてもね。そうねぇ、私はこの強面《こわもて》でしょ？　普通は初対面でいきなり声をかけてくる人はいないわ。その勇気に免じて一つだけ教えてあげる」

僕は慌てて前のめりになった。ゲンコはお腹を抱えて「なに？　そのビックリ箱みたいな動きは」と笑った。

「まあ、いいわ。あのね、そんなに単純な問題じゃあないのよ。何て言ったらいいんだろう。とりあえず覚えなければならないことは一通り覚えたし、基礎的なことは特に問題ないわ。でもね、今の葵は自信のなさが鋏や櫛《くし》を通じてお客様に伝わっちゃうような気がするのよ。まあ、その辺は経験で補うしかないことなんだけど。だから、本当なら店でも、もっと前にでて『それ、やらせてください』とか『手伝います』って経験を奪いに行かないとダメなの……。気が優しいからか、臆病だからか、そういった動きが葵にはないかな。まあ、いずれにしても、彼女自身が何かを感じ取って主体的に変わろうとしないと」

「……はぁ」

ゲンコは僕の生返事に小さく首を振った。

「あんたも相当にお節介な方だろうから、私もそれに付き合ってお節介を焼いてあげる。ちょっと厳しいことを言うけどいい？　あとでモラハラとか言って訴えないでよ」

その真剣な口調に、僕は黙って頷いた。

「さっき『先が見えないのは辛い』って言ってたけど、受験生ならさておき、プロの美容師の世界では、ただの甘えだわ。だって先なんて誰にも見えないものだから。それにね、ジュニア・スタイリストになったら指名料って名目で技術代をいただくのよ。そのお代に見合うだけの価値をお客様に感じ取ってもらえない人に大層な肩書きを与える訳にはいかないわ」

結局、「これだ！」ということは何も聞き出すことはできなかった。

「でも、まあ、やっぱり薬師湯に置いとくのは安心ね。京子がしっかりと面倒を見てくれるのはもちろんだけど、こうやって心配してくれる同居人がいるのも、あの年頃の子にはいいことだわ」

ゲンコは空になったグラスをトレーに置くと席を立った。

「じゃあ、私はこれで失礼するわ。ああ、さっきの店の焼きそばだけど、私は断然ソース味がお薦め、特にお昼ご飯にするならね。飲んだ後なら出汁焼きそばも捨てがたいけど。ってなことを言っておいてなんだけど、私は大飯喰《おおめしぐ》らいだから、いつも両方食べちゃうんだけどね」

座っていた椅子を整えると「じゃあね」と言い添えて中野ブロードウェイ方面へと歩いて行った。その後ろ姿に僕は頭を下げた。

時計を見れば二時を過ぎていた。これから学校に戻ってもギリギリ四時限目に間に合うかどうかの微妙なところで、まったくそんな気にはなれなかった。

とはいえ、いよいよ本格化しつつある講義では、いくつか課題も出されていて、呑気に遊んでばかりもいられない。なので、とりあえず中野区立中央図書館に足を向けた。読まなければならない課題図書のうち、まだ三冊が手に入っていないのだ。

薬師あいロードを中野駅方面へと進み、早稲田通りにぶつかると左折する。大妻中野《おおつまなかの》中学校・高校を左手に見ながらさらに進み、天神坂上の交差点で右折。JRの線路をくぐると右手に操車場があって、何台もの電車が日に照らされてじっとしている。ほどなくして目当ての『なかのZERO』が見えた。

図書館に足を運び、検索用のパソコンで課題図書を探したが、どれも貸し出し中で、しかも二桁の予約待ちとなっていた。思わず深い溜め息が漏れる。よく考えれば僕も溜め息ばかりをついていて、まるで葵ちゃんみたいだ。

図書館からトボトボと出てくると、プラネタリウムのポスターが目についた。そういえばケロにお薦めスポットとして教えてもらったことがある。

「中野駅の向こうにさ、なかのZEROって区立の複合施設があるんだよ。もともとは図書館と公民館が合体したような地味な施設だったんだけど、数年前にリニューアルしたんだ。でさ、そこにプラネタリウムがあるんだけど、最近あちこちにあるデジタル技術を駆使したペカペカのじゃなくて、昭和のころからずーっと使ってるアナログ型の投影機なんだ。いいよ、味があって。しかも、入場料が今どきありえる？　ってぐらい安いんだ。いいよ、マジで。一度は見るべきだと思うね」

ケロはそんな熱弁をふるって勧めてくれた。

プラネタリウムの入口まで行ってみると、照明が消され人の気配はまったくなかった。キョロキョロとしていると、ちょうど奥から人が出てきた。

「あの、プラネタリウムを見たいんですけど」

その人は、ちょっと驚いた顔をしつつ頭を下げた。

「すみません。申し訳ないんですけど平日はやってません。大人向けの一般投映は土、日、祝の午後に二回、子供向けのプログラムは土曜日の午前中に一回の投映なんです」

「そうですか……」

間が悪い時はこんなものだ。

「ダイ、どうした？」

不意に奥の扉が開くと、中から立派な髭《ひげ》を蓄えた人が顔を出した。

「ああ、ツボさん。お客さんなんですけど、今日は投映しないと伝えたところです」

ツボさんと呼ばれた人は、僕をじーっと見つめると、考え込むように首を傾げた。

「本来はダメだけど、特別にご覧いただけるようにしましょう。ダイ、案内しなさい」

ダイさんは【本日の投映は終了しました】という看板を脇によせて僕を招き入れた。

「なんか無理を言ったみたいですみません」

「今日は定期点検の作業日なんです。うちの投影機は昭和に作られた古いものなので、業者さん任せにはできないんです。なので、なるべく故障させないようにマメに点検をしてるんです」

ツボさんが顔を出していた扉を通り抜けると、スクリーン状の真っ白なドーム型の天井があり、その下にちょっとビックリするぐらい大きな機械が鎮座していた。

機械のすぐそばで工具を片付けていたツボさんが立ち上がった。

「いらっしゃい」

入場料も支払ってないのに「いらっしゃい」と言われると、ちょっと調子が狂う。

「すみません、無理を言いまして」

僕は自己紹介をし、地方から出てきて先月から中野に住んでいると説明した。

「そうですか、蓮君は東京で初めての住まいに中野を選ばれたのですね。それは、なかなか見る目がありますね。では、本日の特別投映は転居祝いということにしましょう。でも、ここの館長とか区役所の人にばれたら叱られるんで、内緒ですよ、内緒」

ツボさんは工具箱の蓋を閉めると小脇に抱えた。

「立派な機械ですね……」

「はい、現役で動いてる光学式のプラネタリウム投影機として、これだけ程度の良い個体は少ないと思います。五藤光学研究所のGMII-SPACEって機種ですけど、その初号機なんですよ、こいつは」

よく分からないけど『初号機』という響きは、なんか格好いい。

「光学式のプラネタリウムは、電球の光を『恒星原板《こうせいげんばん》』という細かな穴の開いた板を通してドーム状の天井に映し出して星空を再現する機械なんです。もっとも、最近はプロジェクターとデジタル技術を融合させたものが主流なんで、こういった光学式は珍しいですけどね」

「へぇ……」

感心すると、僕は無口になって「へぇ」とか「はぁ」としか返答ができなくなる。本当に感心していて頭が回ってないからなのだが、「ごめんごめん、興味なかったよね」とか「面白くないかな?」と説明してくれている相手を白けさせることが時々ある。もうちょっと気の利いた返事ができるようにならなければと思うのだが、なかなかできるようにならない。

「こいつが映し出せる恒星は六・五等星までで、だいたい八千個ぐらい」

それがどれぐらい凄いのか分からず、きっと僕の頭の上には「?」がいくつも浮かんでいることだろう。

「申し訳ない。お客さんに機械に関する難しいことを言っても仕方がないよね。さあ、どこでも好きな席に座って。おーい、ダイ、試運転を兼ねて新しいプログラムをやってごらん」

気が付けばダイさんの姿は部屋の隅にあるコントロール・パネルのような所にあった。僕は近くの席に腰を下ろした。

「気を付けて背もたれを倒してください。天井が見やすいように深く倒れる造りになってますから」

僕はツボさんに言われた通りにゆっくりと背もたれを倒した。すると照明がすーっと消え、真っ暗になったかと思うと満天の星が現れた。

ダイさんは、マイクを通してゆっくりとした口調で星空についての解説をはじめた。声の背景に流れるBGMは、イージーリスニングと呼ばれるジャンルだろうか。オーケストラが奏でる曲調は軽やかだけど哀愁を帯びた懐かしさがあり、アナログ式のプラネタリウムにぴったりだった。

「いかがでした?」

館内がふーっと明るくなると、驚いたことに、すぐ近くにツボさんが立っていた。慌てて背もたれを戻し、席から立ち上がった。

「あっ、ありがとうございました。すごく良かったです」

できればもう少し気の利いた感想が言えたらなと思いつつ頭を下げた。

「それは良かった」

奥からダイさんも近づいてきた。気のせいか、心持ち緊張しているように見える。

「どうでしたか？」

ダイさんは僕ではなくツボさんに感想を求めた。ツボさんは考え込むように顎に手をやった。しばらくすると、おもむろに頷いて「合格」と静かに答えた。

「……ほんとうですか？」

「ああ、本当だ。嘘《うそ》ついてどうする？」

ダイさんはキョトンとした顔をしていたが、ゆっくりと頷くと、僕に向き直った。

「……良かった。ねえ、蓮君、君はラッキー・ボーイかも。初めてなんだよ、初めてなんだ、私のプログラムが一切の修正なしでツボさんの合格をもらえたの！」

大喜びしていたダイさんだったが、あまりの嬉しさからだろうか涙を零し、仕舞には両手で顔を覆い隠して号泣し始めた。ツボさんは何も言わずに、じっとその様子を見守っていた。

少しすると「すみません、お客さんのいる前で……」と詫びを入れ、ダイさんはハンカチで顔を拭った。

「いえ、入場料を支払ってませんから、お客さん扱いをされても困ります。けど、おめでとうございます。合格する場面に居合わせるなんて、僕は幸運です」

これにツボさんは小さく頷いた。

「よく勉強しているし、頑張ってることは前々から分かってたんだ。けど、その勉強熱心なところや頑張り屋なところが、これまでのお前のプログラムには仇《あだ》になっていた。ひと言で表現するなら『頭デッカチの自己満足』ってやつさ。けど、今回のプログラムは分かりやすいし、天体にあまり興味のない人でも楽しめる内容になっている」

「ありがとうございます。……ツボさんが千本ノックをしてくれたお陰です」

「千本ノック？」

思わず聞き返してしまった。ダイさんは照れ臭そうに笑うと教えてくれた。

「千本は大袈裟ですけど……、でも一年以上続けてますから三百本は軽く超えてると思います。ツボさん、私の練習投影に付き合ってくれてるんです、ずっと。私が怠けようとしても『おーい、そろそろやろうやー』って。辛かったけど、あのお陰で今日も途中でアドリブを利かせることができたと思うんです」

そこまで話すと、やっとダイさんは笑顔になった。

「今日のアナウンス、何を考えてやってた？」

「何を考えていたか？　ですか……」

ツボさんの問いにダイさんは少し考え込むと、ポツリ、ポツリとゆっくり答えた。

「蓮君の表情をみて、頷いたり、笑ったりしてる様子が嬉しいなぁって……」

「えっ、僕の顔、見えてたんですか？　あんな真っ暗なのに？」

思わず声が出てしまった。ダイさんは耳の横を恥ずかしそうに掻きながら頷いた。

「私たちは目が慣れてるんで投影機の灯りでお客さんの表情は十分に見えてます」

「そうだったんですか」

「はい。あっ、蓮君、途中で少し寝てましたよね？」

ダイさんはクスクスと笑った。

「えーー、あっ、いや、寝てませんって！　いや、ちょっとウトウトしたかな」

慌てる僕にツボさんとダイさんは声をあげて笑った。

「でも、アナウンスって、てっきり録音したものを流してると思ってました。上手ですね、ひと言も噛んだりしてなかったと思います。何度も練習するんでしょうね？」

「自分で作った台本ですから、だいたい台詞《せりふ》は頭に入ってるんで。でも私なんてツボさんと比べたらまだまだです。もっと声の表現力を磨いて、お客さんを自分の世界に引き込めるようにならないと」

「確かに最近はアナウンスもプロの声優さんや有名な俳優さんが吹き込んだものを流すところが増えてます。それはそれで、演技力のある人の声だから、聴きごたえもあるでしょう。けど……、やはりお客さんの反応をみて、臨機応変に語りかける内容を工夫しないと。場合によっては投影する夜空もアレンジするべきだと私は思うんです」

ツボさんは投影機を眺めながらそう教えてくれた。

「とは言っても、ベースがしっかりしてないと、ちょっとしたアクシデントに見舞われただけで支離滅裂になってしまう。それだけにプログラムをよく考えて構成し、一言ひと言の台詞を吟味した台本作りが大切なんです。だから、ツボさんから合格がもらえたのはやっぱり嬉しい。それに……、今日のお客さんは蓮君ひとりだったからちゃんと観察できたけど、キャパ一杯にお客さんを入れたら、やっぱりテンパっちゃって柔軟に対応するなんて無理かもしれません」

ダイさんは手にしていた資料をめくりながら少し考えるような顔をした。きっとそれが台本なのだろう。

「まあ、一歩ずつさ。とりあえず、お客さんの様子をしっかり見て、プログラムを楽しんでもらえてるかな？　今の説明は伝わったかな？　って気配りできるようになることが大切なんだ。お客さんのことを一番に考えられるようになれば、自《おの》ずとアドリブの加減なんかは身に付いてくるよ」

ツボさんはダイさんの肩を軽く叩くと「さっ、微調整をして作業を終えてしまおう。今日は定時にあがってダイの合格祝いをしないとな」と声をかけた。

プラネタリウムの興奮も冷めやらぬままに薬師湯に戻った僕は、することもなかったので釜場でシゲさんの手伝いをすることにした。もっとも、手伝いと言いながら、シゲさんに指示されるままに、在庫置き場から薪を運んでくるぐらいで大したことはできない。シゲさんは炉の加減を見ながら、火掻き棒で薪の位置を調節し湯船に張るお湯をじっくりと温めていた。

僕は作業を眺めながら、プラネタリウムでの出来事を聞いてもらった。

「光学式のプラネタリウムか。ふーん、なんか俺と気が合いそうだな、そのツボさんって人。なんせ俺も、こんなバカでかい煙突をいまだに構えて、薪で湯を沸かしてる変わり者だからな」

自嘲するような口ぶりだけど、同志のような人の話を聞いて少し嬉しそうだ。

「確かに、今どき薪で湯船に張るお湯を沸かす銭湯も珍しいですよね。ちょっと調べてみましたけど、本当に少ないです」

「なに、やろうと思えばカランやシャワーの湯も沸かせるんだぜ、うちの釜ならな。けど、いかんせん薪が高くなって、洗い流すような使い道の湯に使うなんて贅沢《ぜいたく》は許されなくなっちまった。ああ、もちろん普通の銭湯みたいに湯船に張るお湯もボイラーで沸かせば、もっと楽だけど。でも、やっぱ薪で沸かした湯は柔らかいし、じっくりと体を温めるから湯冷めもし難《にく》い。かなり離れたところから、わざわざ通ってくれてる人の大半は薪で沸かした湯が目当てなんだろうしさ。期待しているお客さんがいて、オカミさんが許してくれてるあいだは、薪にこだわりたい」

手にしていた薪をそっと焚口から中へと放り込んだ。

「しばらく釜場で大した仕事はないよ。中で脱衣所の整理でも手伝いな」

シゲさんはじっと釜の炎に目を凝らしていた。

喉が渇いたので何か飲もうと食堂に行くと、そこには葵ちゃんの姿があった。小上がりに腰をかけ、ぼんやりとした表情で何かを読んでいる。

「何を読んでるの？」

僕の問いに葵ちゃんは手にしていたものを見せてくれた。

「雑記帳か……、どうしたの急に？」

オカミさんやシゲさんは、時々、古い雑記帳を引っ張りだし、それを眺めながら、あれこれ話をしているが、居候の誰かが読んでいるのを見るのは初めてだ。

「私、苦手だから、あんまり書いてないんだ。でも、たまにオカミさんから『今日は葵ちゃんが書いといて』って頼まれるからポツポツ残ってる。それを読み返してたの」

「そっか」

もう少し愛想の良い返事ができないかと思うけど、そんな言葉しか出てこない。

「東京に出てきて、美容師の専門学校に通って、なんとか国家資格には合格したけど、本当にギリギリで……。学校のみんなは器用でセンスも良くて、卒業前からバイトを兼ねて知り合いの美容室でアシスタントとして働いて、就職もすぐ決まってた。

私は何をするにも下手だし遅いし。いっつも授業のあとに居残りで先生にやり直しをさせられてた。頭が悪いからだと思うけど、私はなんでその手順なのか、どうして、そういうやり方なのかみたいなことが気になっちゃって。そんなことを一つひとつ確認しながらやってるから、みんなみたくスイスイと先に進まない。そんな不器用な私が『GENKO』に採用されたこと自体が奇跡みたいなものだから……。万年アシスタントでも無理はないんだけど」

リュックを自分の席に置くと、僕は葵ちゃんの隣に腰を降ろした。

「このページ、二年ぐらい前に私が書いたものなんだけど。『今日、初めてお客さんからシャンプーを褒めてもらえて嬉しかった！』だって。アシスタントとして一年以上働いて、やっとその程度。そりゃあ、ジュニア・スタイリストになんて、簡単になれる訳がないよなぁって。成長しない自分に呆れ返って途方に暮れてたところ」

自嘲《じちょう》気味な声とは裏腹に、その顔はぞっとするほど青ざめていた。

「……なんか、僕の浪人時代にちょっと似てるような気がする」

思わず言葉を零した僕を葵ちゃんはちらっと見やると、雑記帳を閉じ本棚へと戻しに行った。その背中に向かって話を続けた。

「予備校によって様々だとは思うけど、僕が通っていたところは春と夏、それに秋の終わりに模試があるんだ」

「模試？　ああ、合格判定とかが出るやつね」

「うん。現役の時はどれもこれも初めてだから、何がなにやら分からないうちに終わっちゃうんだけど、浪人になると前の年の結果が残ってるでしょう？　それと比較して点数が伸びないと焦ってくるんだ。特に二浪目の春の模試で現役の時よりも大幅に点数を落としちゃって。こんなに勉強してるのに、なんで？　って。もう心が折れそうになった……」

葵ちゃんは本棚の前からゆっくりと立ち上がり、いつもの席に腰を降ろした。

「……よく頑張れたね」

「うん……。その模試を踏まえての面談で、予備校の先生がね、『特訓をしよう。厳しくするけど大丈夫か？』って、付きっ切りで面倒をみてくれる約束をしてくれたんだ。普通はありえないんだけど、しょげ返った僕を不憫《ふびん》に思ったのかもしれない」

「……きっと蓮が頑張ってたから、特別に応援したくなったんだね」

「どうだろう、胸を張って頑張ったって言えるほどかどうかは分からない。だって、周りもみんな必死だから……。でね、その時に先生に言われたんだ、『きっと閾値《いきち》を超えてないんだ手塚は』って」

葵ちゃんは「いきち？」と漏らして首を傾げた。その可愛らしい声と表情に思わず顔が緩んでしまった。

「生き血じゃなくて閾値。ドラキュラじゃないんだから」

「もう！　だって、そんな難しい言葉なんて知らないもん」

怒った顔も可愛い。

「ごめんごめん。偉そうに聞こえたかもしれないけど、僕も最初に先生から聞いた時は何のことだか……って思った」

スマホを取り出すと辞書アプリで『閾値』を呼び出し、画面を葵ちゃんに見せた。

「ふーん、なんだか分かったような分からないような……。要するに良い結果が表れるレベルにまで努力が達してないってことかな？」

「多分ね。要するに頑張りが足りないってことを言いたかったんだろうと思う。それは量と質の両方でね」

「ふーん。で、特訓って何をやったの？」

「それがね、意外にも当たり前のことばかりなんだ。講義が始まる前に二時間ほどみっちりと予習をやって、終わってから、その日の講義の内容を今度は四時間ぐらいかけて復習。もっと何か特別なことをするのかと思ったんだけど。先生が言うには『春から年末まで、うちが用意したカリキュラムをしっかりやれば、手塚が希望する大学には合格するはずだ。焦らずに一日一日のカリキュラムを完全に理解して、少しずつ力をつけるしかない』って」

「当たり前なことを毎日しっかりか……」

言葉と一緒に溜め息を零す葵ちゃんの顔を眺めていて、ふとあることを思いついた。

「ねぇ、提案なんだけど」

「うん？」

「僕の頭を練習台に使って、今日から毎日、特訓しようよ」

「え？」

葵ちゃんはポカンとした顔をした。

「ほら、見ての通り僕の頭はボサボサでしょう？　パーマでもカラーでも好きにしちゃってよ。もちろん材料代とかがかかる分は僕が出すから。店を閉めて掃除が終わってから一時間ぐらい。ね、どう？」

「私、下手だよ。パーマがかかり過ぎちゃったり、カラーも思った通りの色にならなかったり、カットだって。……蓮をガッカリさせることになるかもしれない」

「それでもいいよ、だって練習なんだもの。どんな頭になっても絶対に文句を言わないって約束する」

僕は右手の小指を差し出した。

「ほら、指切り」

不意に葵ちゃんは噴き出した。

「指切り？　本当に？　まるで子どもみたい」

「え？　あっ、ああ、……そうだね」

急に恥ずかしくなって、指を引っ込めかけた。すると、その指を引き留めるようにして葵ちゃんの指先が絡んだ。ふと顔を上げると、彼女の頰が濡《ぬ》れていた。

「……ごめん、笑ったりして」

「いや、僕の方こそ突拍子《とっぴょうし》もないことを言ってごめん」

「ううん……、嬉しかった」

葵ちゃんは指先に力を込めるとブンブンと上下に振った。

「指切りゲンマン、下手くそだからって文句を言ったりしたら針千本のーます！」

「節もへったくれもないなぁ。でも、約束するよ」

僕がそう返事をするのに重ねるように「何！　何を約束してるの二人で」と叫ぶ声が

聞こえた。ユーちゃんだ。

「婚約でもしたの？　何時の間に？」

絵に描いたように目を丸くして顎が外れんばかりに大きく開けた口に、僕たちは腹を抱えて笑った。

「なによもう！　何がそんなに可笑《おか》しいのよ。ねぇってば、葵、教えてよ」

その晩、早速、僕の髪に葵ちゃんは鋏を入れた。

「せっかくだから、ちょっとずつ切るようにするね。最初っからバッサリやっちゃったらもったいないから」

食堂の床にレジャーシートを敷き、椅子に座るとケープをかけてもらいカットが始まった。その様子をオカミさんにシゲさん、ユーちゃん、ケロがじっと見つめている。

「なっ、なんか、緊張する」

思わず零すとユーちゃんが僕の鼻を指先で突《つつ》いた。

「なんで蓮が緊張するのよ、葵ならまだしも。『俎板《まないた》の鯉《こい》』って言葉があるでしょう？　ジタバタしないで大人しくしてなさい」

この声にみんなが笑う。お陰で葵ちゃんの肩から少し力が抜けたようだ。

「なんか、いいな。ちょっと羨ましい。俺もやってもらおうかな」

　シゲさんが缶ビールを片手にテルテル坊主状態の僕を眺めて笑った。

「そうだ、それいいんじゃない？　いくらなんでも、毎日カットしてたら蓮の頭は一週間ぐらいで坊主になっちゃう。だったら、代わり番こでみんなが練習台になろうよ」

　ケロが名案を思い付いたと言わんばかりに声を張った。

「なるほどね！　それいいじゃん」

　ユーちゃんが珍しくケロの意見に賛成した。

「そうね、そうしましょう。頭の形や髪質は人それぞれだから、なるべく色んな人が練習台になった方がいいでしょうからね。じゃあ、明日は私がやってもらおうかな」

「えっ？　オカミさんまで練習台にするのはちょっと……」

　葵ちゃんが慌てる。

「あら、心配しなくても私だって、どんな髪型にされても文句は言いませんよ。金髪でも何でも好きなのにしてちょうだい」

「そうだな、俺もモヒカンでもパンチパーマでも何でも構わない。どうせ、近所をぶらぶらして、あとは釜場に籠りっぱなしだから。俺の髪型が変わったことに気が付くのなんて、この場にいる五人ぐらいだからな」

　シゲさんまで悪乗りをし始めた。

「みんな……、ありがとう」

葵ちゃんは姿勢を正すと僕たちに深く頭を下げた。

「何を言ってる。ほら、まずは、目の前のボサボサ頭をなんとかする！」

「そーだそーだ！　葵、ガンバレ！」

ケロとユーちゃんの声に無言で頷くと、葵ちゃんは鋏を入れた。その指先は心なしか震えているように感じた。


「受かった！　受かった！　受かったよ、私」

僕が最初にカットしてもらってから二ヶ月近く過ぎた月曜日の夜だった。

あれから毎晩誰かが葵ちゃんの練習台として頭を貸すようになった。ケロは髪の色がコロコロと変わり、腰ぐらいまで髪を伸ばしていたユーちゃんはボブになった。そういう僕も気が付けば金髪のベリーショートになっていた。

さすがにオカミさんやシゲさんは極端な髪型にはされなかったが、それでも毎週のように鋏を入れたりパーマをかけたりするので、何時の間にか薬師湯はヘアスタイルにこだわった従業員ばかりが働くちょっと変わった銭湯になっていた。

その日は第三月曜日で薬師湯は定休日。ケロも珍しくホストクラブをお休みし、僕と一緒に夕飯を食べていた。そこに転がるようにして葵ちゃんが帰ってきたのだ。

「えっ！　受かったって、あの、その、『ジュニア・スタイリスト』の試験？」

慌てて僕は箸を置いた。

「うっ、うん。うん、うん、うん」

葵ちゃんは言葉になってるんだか、なってないんだか分からない声をあげ、次の瞬間には声をあげて泣き始めた。それは〝わんわんと泣く〟と表現しても良いぐらいの泣きっぷりだった。

「そんな報告があるんじゃないかと思って、今日は店を休んだんだ。俺の予想は的中！　でも、良かったじゃん」

ケロがそう言ってやさしく葵ちゃんの肩を叩いた。

「うん、これも私の特訓につきあってくれたみんなのお陰だよ」

ひとしきり泣いた葵ちゃんがシャツの袖で涙と鼻水を拭きながら答えた。

「なんだ、なんだ、何を大騒ぎしてるんだ？」

シゲさんが顔を出した。葵ちゃんが飛んで行って、シゲさんに抱き着いた。

「おいおい、落ち着きなって。どうした？」

「ジュニア・スタイリストの試験に合格したんですよ」

僕がそう言うと、ケロが後を引き継いだ。

「苦節何年？　まあ、いいや。やっと葵もお店で指名が取れる美容師になったって訳。で、誰が一番目のお客さんになる？」

台所から顔をだしたオカミさんが「そりゃあ、私に決まってるじゃない？」と笑った。手には何時の間に用意したのか、シャンパンボトルがあった。

「おーっ、太っ腹。モエシャンじゃん」

ケロがボトルを受け取るとフィルムを剝《は》がし始めた。

「えっ、ちょっ、ちょっと待って。ユーちゃん、ユーちゃんが居ないから、栓抜くのは待って。全員が揃ってからにして。だって、みんなのお陰だもの」

「偉いな……。けど、抜いてしまっていいぞ、ケロ。空けてしまったら酒店まで走ってもう一本買ってこい。金なら出してやる」

シゲさんが囃し立てる。

「そんな訳で。ほら、蓮、人数分のグラスを持ってきて」

慌てる僕の背に「あーーっ、もう、ユーちゃん、早く帰ってこい！」と葵ちゃんの声が響いた。


次の日、二日酔いの頭を抱えて散歩に出た。スマホを見ればお昼少し前。今日は朝食もパスして、ほんの十五分ぐらい前まで寝ていた。外の空気が吸いたくて、顔も洗わずに薬師あいロードをぶらぶらと歩きだしたところだった。

ふと前を見ると、焼きそば専門店の前に置かれたベンチにゲンコの姿があった。ほぼ同じタイミングで向こうも僕に気がついたようで、軽く右手をあげた。

「どっ、どうも」

「おはようございます、か、こんにちは、だと思うけどね。挨拶ぐらい、まともにできるようになりなさい」

ゲンコは小さく折り畳んだスポーツ新聞を肩から下げたカバンに仕舞うと、ベンチの右端により、空いたスペースを叩いた。

促されるままに腰を下ろすとゲンコが前を向いたまま口を開いた。

「昨日、葵に合格を出したわよ。ジュニア・スタイリストの」

「はい、聞きました。帰ってくるなり、凄いテンションで大変でした。薬師湯の皆でお祝いをして、今日は二日酔いです」

ゲンコは僕の顔をちらっと見ると、可笑しそうに頬を歪《ゆが》めた。

「確かに、酷《ひど》い顔ね。それに洗ってもいないでしょ？　唇の端に涎《よだれ》の跡があるわよ」

慌てて手の甲で拭うとゲンコは声をあげて笑った。

「嘘よ。あのね、人が言うことをいちいち真に受けてたら、東京でやっていけないわよ。まあ、そんなところが、可愛いんだけど」

僕は思わず「もう！　からかわないでください」と応えた。

「その頭、随分変わったわね。誰かの練習台にでもならないと、そこまで真っキンキンにならないだろうし、坊主寸前にまで刈られることもないと思うんだけど」

しげしげと僕の頭を眺めながらゲンコは言った。

「……まぁ、色々とありまして。僕としては散髪代がかかりませんし、大学でもお洒落な奴だと一目置かれるようになりました」

「ふーん、そう。まあ、けど……、ありがとうね」

しみじみとした声に思わず僕はゲンコを見つめ返した。

「何があったのか知らないけれど、あの子ひとりで乗り越えたとは思えない。きっと、あんたや薬師湯のみんなのお陰だと思うわ」

「……そんな、僕は何もしてません。葵ちゃんが必死になって乗り越えたんです。僕や薬師湯のみんなが何かをしたとすれば、その姿をじっと見守ったぐらいです」

ゲンコは可笑しそうに鼻を鳴らした。

「まあ、あんたがそう言うならそうなんでしょう。けど、店でも積極的にあれこれ考えて自分で動くようになったわ。その辺も大きく変わったところね」

ゲンコはベンチから立ち上がると僕に向き直った。

「色々とうちの従業員がお世話になりました。ありがとうございます」

深々と頭をさげられて、今度は僕が慌てる番だ。

「とっ、とんでもない。僕の方こそ、ありがとうございました」

ゲンコは僕の肩を大きな手でバンッと叩くとニッコリ微笑んだ。

＊＊＊＊＊

七月一日（水）　天気：曇り　　記入：佐山葵

今月から私もジュニア・スタイリストとして指名を受けることができるようになった。開店と同時にオカミさんが来てくれて、約束通り指名客第一号になってくれた。オーナーは「あたしからの乗り換えじゃない？　お店にとっては、ちっともありがたくない客ね」と嫌味を言っていたけれど、その表情はやさしかった。

その後、三人ほどのフリーのお客さんを回してもらった。私なりに頑張ったつもりだけど満足してもらえたかはちょっと心配。でも、最後のお客さんが「こんなに丁寧に私の要望を聞いてくれて一生懸命にやってくれる美容師さんに初めて会った」と言ってくれた。無我夢中だったけど、やっぱり喜んでもらえると嬉しい。

薬師湯に帰ると、オカミさんがわざわざお赤飯を炊いてくれていた。まったく予想もしてなかったから嬉しくて涙が零れた。シゲさんやユーちゃん、ケロ、それに蓮からも「おめでとう」と言葉をかけてもらった。普通の独り暮らしをしていたら、お祝いなんてしてもらえない。やっぱり薬師湯にいて良かった。

営業が終わった洗い場をデッキブラシで擦りながら窓の外を見ると、真ん丸のお月様が輝いていた。なんだか、見るもの全てが私を祝福してくれているような一日だった。

「じゃあ、行ってきます」

ケロが珍しく神妙な顔で頭を下げた。

「いっ、行ってきます」

続けてユーちゃんも真面目な顔でそう言った。

「はい、二人とも頑張ってね。とりあえず天気は良いみたいだから。ああ、くれぐれも熱中症には気を付けて。マメに水分を取るのよ」

オカミさんは心配そうな眼差しだった。梅雨《つゆ》が明けてからというもの中野もたびたび猛暑に見舞われており、八月に入ってからは酷暑に迫る勢いだ。

「私の出番は夕方からだから大丈夫。けど、ケロは気を付けないとね。美術監督が熱中症で倒れたなんて洒落にならないから」

ユーちゃんがケロを横目で睨《にら》む。

「大丈夫、ちゃんと多めに飲み物は持ったし、塩飴とかも用意したから。這《は》ってでも責任は果たす！」

いつも軽口ばかり叩いているケロにしては、珍しく肩に力が入っている。

「二人とも薬師湯のことは一切気にせずに、目一杯楽しみな。何と言っても、今日はお前たちにとって一世一代の晴れ舞台だ。それに今回の出来栄えが、これからの人生を左右するかもしれん。後先考えずに全力を出し切るつもりで頑張るんだぞ」

シゲさんはケロとユーちゃんの目をじっと見つめた。

「私は三時には楽屋に入る予定だから。ヘアメイクは時間をかけずにちゃちゃっとやれるように段取りして行くから安心してね」

葵ちゃんはユーちゃんの手を取ってぎゅーっと握り締めた。

「うん、ありがとう……。じゃ、行ってくる」

僕は気が利いたことを何も言えず、ただ「いってらっしゃい」と手を振った。大きな荷物を両手に提げたケロが黙って頷くと玄関から出て行った。

「じゃねー」

ユーちゃんが皆に投げキッスをしてケロの後を追いかけた。

「大丈夫かしら」

引き戸を閉めるとオカミさんは小さく溜め息を漏らした。

「大丈夫に決まってます」

シゲさんが断言する。

「なら、いいんだけど」

中野は盆踊りの街だ。梅雨が明けるとあちこちの商店街には提灯《ちょうちん》が飾られ、お寺や神社の境内には櫓《やぐら》が建てられる。町内会の掲示板には盆踊り大会の告知が次々と張り出され、地元の愛好団体は子供たちを対象にした『盆踊り教室』を開く。こうやって街全体で夏を盛り上げている。

薬師湯の近所では、七月の終わりに新井薬師で、八月の頭には中野駅前で盆踊り大会が催される。

新井薬師の盆踊りは檀家《だんか》と近隣の商店街が中心になって催しており、ほのぼのとした地域のお祭りといった風情《ふぜい》がある。

対して『中野駅前大盆踊り大会』はかなり大掛かりで、八月最初の土日に中野セントラルパークで開催される。

毎年、有名なミュージシャンやDJ、プロダンスユニットのパフォーマーなども登場し、遠方からも見物客が大勢訪れる。何台ものテレビ中継車がやって来てニュースに取り上げられるなど、中野区を挙げての一大イベントだ。

そのような大掛かりなお祭りではあるが、主催の中心は地元の盆踊り愛好団体など中野に縁のある人たちで、いわゆるイベント会社などに任せっきりにしない運営を心掛けていた。

また、有名アーティストの登場は全体の三分の一程度に抑え、残りはこれから伸びそうな若手に経験を積む機会として提供するなど、イベントとしての成功はもちろん、『人を育てる！』運営を心掛けている。

この「若手にチャンスを」という志は、大会運営のあちこちで感じることができ、開催運営費の協賛金集めを兼ねて販売されるオリジナルTシャツ、通称『なかぽんTシャツ』のデザインや、盆踊り会場のステージや櫓といったセットデザイン、当日の司会進行を務めるMCなどは公募で選ばれている。


五月の終わり、僕は新しく買ったばかりのパソコンを食堂で開いていた。右隣にはユーちゃんが、左には葵ちゃんが陣取り、後ろから僕に覆いかぶさるようにしてケロが画面をのぞき込んでいた。前の席には心配そうな顔のオカミさんと、いつになく渋面で腕組みをしたシゲさんがならんで座っていた。

「そろそろじゃない？」

葵ちゃんが肘《ひじ》で僕を急かした。

僕は『中野駅前大盆踊り大会』のホームページの『公募案件結果発表！』というボタンをクリックした。

「まだ十一時五十五分だよ。ほら、更新されてない」

「あーっ、もうイライラする。さっさと発表しなさいよ」

葵ちゃんは苛立《いらだ》たし気にパソコン画面を指先で突いた。

「あっ、やめてよ、買ったばかりなんだから……。そんなに気になるなら、自分のスマホで見ればいいじゃない」

僕がぼやくとユーちゃんが苦笑いを漏らした。

「蓮の言う通りだけど、怖くて一人でなんて見れないよ……。少なくとも私はね」

葵ちゃんが「そーだ、そーだ！」と囃し立てる。

「まあ、しかし、なんだな。昔は掲示板に張り出したり、封書が送られてきたりしたんだろうけど、便利になったんだか、味気なくなったんだか、よく分からんね」

シゲさんが首を振りながら腕組みを解いた。

「今どきは大学受験の結果発表もほとんどがホームページですよ。もちろん一部の有名校なんかはキャンパスの掲示板に張り出したりするけど、あれは広報活動の一環で、テレビカメラに合格者の胴上げを撮らせるための大道具みたいなものだよ」

ケロの声は意外と冷静だった。

「さあ、あと三分よ」

　オカミさんが柱時計をちらっと見た。

「なんか、カップラーメンを作ってるみたいですね」

「あーっ、蓮って天然なんだろうけど、時々イラッとする」

　葵ちゃんが僕を小突いた。普段なら一緒になって突っ込むユーちゃんは黙ったままだし、ケロも何のリアクションもない。ただただ、みんな黙り込んで三分経つのを待った。とてもとても長い三分だった。

「そろそろ良くねぇか？」

　腕時計をじっと見ていたシゲさんが呟いた。

「はい、えーっと、では、あらためて」

　僕は『公募案件結果発表！』のボタンをクリックした。

【なかぼんTシャツデザイン：蛙石倫次】

【セットデザイン（美術監督）：蛙石倫次】

【MC：新川晃司、李雨桐】

　誰も何にも言わなかった。僕も何にも出てこなかった。

「えっ？」

　ユーちゃんが、そう漏らした次の瞬間だった。

「うわーーーっ、おめでとう！　二人ともおめでとう！」

葵ちゃんが椅子から飛び上がってケロとユーちゃんに抱き着いた。

「……マジか」

ケロはそう呟くと、僕を押しのけてパソコンの前に座り、自分でマウスを操作した。

当たり前だけれども、何回クリックし直してもケロとユーちゃんの名前が表示された。

「ケロ、凄いじゃないか！　なになに、『なかぼんTシャツデザインとセットデザインの同時受賞は歴代初となります。審査会において同時受賞の是非については議論を尽くしましたが、総合的に判断して今回の結果となりました』だってさ」

席を立ってパソコンをのぞき込み、講評を読み上げたシゲさんがケロに右手を差し出した。

「握手をしてくれ。よく頑張った、おめでとう」

ケロは椅子から立ち上がると両手でシゲさんの手を握った。

「……ありがとうございます」

「本当に良かったわ。それにしてもケロちゃんもユーちゃんも、二人そろって合格ってどういうこと？　でも、二人とも人が見てないところで随分と努力をしてたからね……。本当に、本当に、本当に良かった」

オカミさんは涙ぐみながら、なんども「良かった、良かった」とくり返していた。

あれから二ヶ月が過ぎた。ケロもユーちゃんも本番にむけて日を追うごとに忙しくなり、七月に入ってからは、ほぼ毎日、打合せやリハーサルのために区役所の会議室や会場となるセントラルパークに出かけていた。もちろん、いつもの仕事はそのままに、打合せやリハーサルに時間が取られる訳で、ここ一ヶ月ぐらいはゆっくり食事を摂《と》る暇もないほどだった。

見かねたオカミさんが薬師湯の仕事は無理をしないようにと声を掛け、昼食や夜食用にと、お弁当まで用意するようになった。当然だが僕と葵ちゃんも二人をフォローするべく頑張った。何といっても僕の周りに、これまでこんな華々しい機会を獲得した人はいなかった。二人が注目されると、なぜだか自分のことのように嬉しかった。

葵ちゃんはユーちゃんの専属ヘアメイクを勝手に名乗りでて、当日二日間は早番シフトのさらに早上がりをゲンコから勝ち取っていた。

「私にとっても勝負なのよ。ユーちゃんほどのビジュアルだったら、絶対にマスコミうけすると思う。『あのカワイイ子のヘアメイクは誰がしたんだ?』って注目を浴びるチャンスなのよ」

と打算めいたことを言ってはいたが、照れ隠しであることはバレバレだった。

いよいよ本番を明後日に控えたある日、久しぶりにケロが営業後の掃除に間に合う時間に帰ってきた。その日はユーちゃんもリハーサルが早くに終わったらしく、一緒に脱衣所の拭き掃除をしているところだった。

「おつかれ」

毎日のようにセントラルパークのステージ設営に立ち会っているからか、ケロは真っ黒に日焼けして別人のようだ。その手には紙袋があり、それを僕らに向けて掲げた。

「遅くなっちゃったんだけど、『なかぼんTシャツ』を持って帰ってきた。お代はいいよ。散々世話になってるから、俺からのプレゼントってことで」

ケロは紙袋から取り出したTシャツを背の低いロッカーの上にサイズ別に広げた。布地の色は、裾《すそ》は白く胸から襟に向かって徐々に藍色が濃くなっている。白い裾の部分には青や紫の朝顔が描かれ、その朝顔の蔓《つる》が上に伸び、藍色に変わるあたりから夜空に打ち上げられた花火へと変わる柄が描かれている。

右袖には『なかの盆おどり』という文字が図案化されたロゴが描かれている。袖や襟ぐりなどの縫製は普通目立たないように布地と同じ色合いの糸にされるのだが、それは銀色にキラキラと輝いていた。

オカミさんは雑巾を絞ると、あらためて両手を石鹸《せっけん》で洗い、ハンカチで丁寧に拭いたにもかかわらず、何度もエプロンでごしごしと擦ってから、やっとケロが差し出したT

シャツを受け取った。

「……なんか、もったいなくて着れそうもないわ。額に入れて飾っておきたいぐらい」

心なしかオカミさんの瞳は潤んでいるように見えた。

「何を言ってるの。それを着て俺が作ったステージを見に来てよ」

普段通りのちょっとふざけた口調だけど、ケロが照れていることがよく分かった。

「ねえ、この糸って、わざとこんなキラキラしたのを使ってるんだよね？　それに普通の糸じゃあないみたい。なにこれ？」

オカミさんの次に受け取った葵ちゃんが目ざとく質問した。

「それは蛍光染料が練り込んであるんだ。それと花火のイラストも、ところどころ特殊な蛍光剤で染めてある。暗いところでも輪郭が分かるようにしてみたんだ」

みんなが口を揃えて「へぇー」と言った。

「何が『へぇー』なんだい？」

そこへ釜場を片付けたシゲさんが入ってきた。

「おう、ケロ、なんか久しぶりだな」

シゲさんはケロの顔をじっと見つめた。

「なっ、なに？」

シゲさんの目力に負けて思わずケロが後ずさりする。

「いや、なに、ちょっと見ない間に良い顔になったなって」

「……そう？　寝不足だし、日焼けで肌はガサガサだし、ビジュアル系で売ってた俺としては、人に見せられたもんじゃあないと思ってるんだけど」

シゲさんは小さく首を振った。

「お前だって分かってるはずだ。目が輝いてる、口元が引き締まってる、背筋も伸びて歩き方までちょっと変わったんじゃないか？　生き生きとしていることが見ただけで分かるよ」

「そうかも。これまでのケロもカッコ良かったけど、今日のケロはもっとカッコいい」

ユーちゃんが深く頷いた。続けて「ねえ、私にもちょうだい、『なかぼんTシャツ』」と言って手を差し出した。ケロはちょっと恥ずかしそうに頭を掻くと両手でTシャツを渡した。ユーちゃんはそれをしげしげと見ながら、ふと何かを思いついたといった様子で「あっ！」と叫ぶと女湯の脱衣所に駆け込んで行った。みんなで顔を見合わせていると、一分とかからずにユーちゃんが戻ってきた。さっきまで着ていたポロシャツから、もらったばかりの『なかぼんTシャツ』に着替えていた。

「ねえ、ケロ、サインして」

その手には、どこから引っ張り出してきたのか油性ペンがあった。

「……サイン？」

「うん、だって、これ、ケロの作品が商品になった第一号だよね？」

「まあ、そうだね、確かに第一号だ」

「でしょ？　その作品にデザインした本人のサインが欲しい。でもってサインしてくれたら写真を撮ろうよ。将来、ケロがメジャーになったら鑑定番組に出すの。ちゃんと本人が目の前でサインしてくれたっていう証拠になるでしょ？　写真があれば」

　不意にシゲさんが大きく手を叩いた。

「そいつは名案だ。おう、俺のにもサインをしてくれよ。ほら、みんなもしてもらえ。でもって、みんな着替えて記念写真を撮ろう」

「そうね、そうしましょう」

　珍しくオカミさんまで嬉しそうな声をあげ、葵ちゃんと女湯の脱衣所に向かった。

「まったく……」

　溜め息をつくと苦笑いを浮かべてケロは僕に向き直った。

「蓮、お前の分だ。すまないな、俺が居ない日は手伝い大変だろ？　倍働かされて。あと少しだから、よろしく頼む」

「何を言ってるんです。全然大丈夫ですよ」

「おい、蓮。お前もさっさと着替えな」

　脱衣所の隅で着替え終えたシゲさんが僕の肩を叩いた。

「ねえ、とりあえず私のにサインしてよ。どこにしようかな、うーん袖は色が濃いから黒いペンじゃあ目立たないし。この辺かな？」

ユーちゃんは大きな鏡の前であれこれとポーズを取りながらサインをしてもらう場所を探していた。

「じゃーん、部屋から色んなペンを持ってきたよ。この白とか黄色だったら、紺地の所でもサインしてもらえるよね？」

着替え終えた葵ちゃんが十本ぐらいのペンを手に戻ってきた。その後ろには三脚に据えた一眼レフカメラを手にしたオカミさんがいる。

「えーっ、なんか大騒ぎになってない？」

ケロが悲鳴をあげた。

「ほら、アーティスト・ケロ、さっさとサインしろ」

シゲさんが腰を折って背中をグイッと突き出した。

「えーっ、発案者は私なんだから、私を先にやってよー」

ユーちゃんが反対側からシャツの裾を伸ばして迫る。

「何を言ってるのよ。こういう時の一番はオカミさんに決まってるでしょ？」

葵ちゃんが三脚を広げてカメラの位置を調整していたオカミさんの手を引っ張った。

「えっ、別に私は何番でもいいわよ」

「ダメです。ほら、ケロ」

ケロは頭を掻きながら戸惑った顔をした。

「……サインかぁ」

「えっ？　もしかしてサインないの」

ユーちゃんと葵ちゃんの声が重なる。

「いや、そりゃあ、イラストとかオブジェに書き添えるのに使ってるものはあるんだけど……。単純にサインだけをねだられたことなんてなかったから」

「あら、ホストクラブでも人気のある子はサインするって言うじゃない？」

オカミさんが不思議そうな顔をした。

「それはランキング上位の売れてる人だけです。ビジュアルで売ってるなんて見栄をはってますけど、俺は万年ヘルプ係で、しかも飲み専門だから……。サインなんて求められたことも、したこともないです」

「じゃあ、ますます栄えある一番目はオカミさんじゃなきゃね」

葵ちゃんはオカミさんの背中を押した。無理矢理といった感じでユーちゃんから油性ペンを渡されたケロは、オカミさんの足下に跪《ひざまず》き、シャツの裾に描かれた朝顔の脇に小さく『Ｋｅｒｏ』と書いた。

「なんだ、もっと大きく書けばいいのに」

シゲさんが呆れた声をあげた。

「大きさもデザインのうちです」

ひとつサインをして落ち着きを取り戻したのか、普段の口調でケロが応えた。

その後、シゲさんの左肩に白のペンで、ユーちゃんの右胸にはオレンジで、葵ちゃんの背中には金色のペンでサインをした。最後に残った僕はシゲさんと同じ白のペンで左胸に入れてもらった。

「ああ、なんか、こんなにサインしたら疲れた」

ケロが大袈裟に溜め息をつくと葵ちゃんが背中を叩いた。

「何を言ってるの？　これから何百、何千ってサインするようになるんだよ、きっと」

「だと、いいけど……」

油性ペンの蓋を閉めながらケロはそう応えると、ふと思いついたといった顔で深く頷いた。

「そうだ、俺もみんなにサインしてもらおっと」

そう言うなりケロは女性陣がいるにもかかわらず、着ていたシャツを脱ぐと、『なかぼんTシャツ』に袖を通した。

「ほら、みんなペンを持って。好きなところにサインして」

ケロはおどけた顔をしてシャツの裾をぴぃーんと引っ張った。

「えっ、むっ、無理よ。それこそ私なんて伝票以外にサインなんかしたことないもの」

「俺も無理だぞ。字も下手だし」

オカミさんとシゲさんが二人して顔の前で「むりむり」と手を振った。

「なら、まずはユーちゃん、ほらサイン慣れしてるだろ？」

ユーちゃんは声優活動の一環で、コアなファン向けのサイン会に参加しているし、サブカルショップの人気店員としてサインをねだられることもあるそうだ。

「うーん、言い出しっぺだから仕方ないかぁ……。あっ、でも、こういう時の一番はオカミさんじゃあなくていいの？　葵！」

さすがの葵ちゃんも苦り顔で唸るしかない。ケロが笑ってユーちゃんを急かす。

「ほら、みんなを困らせない。ちゃっちゃとやる。で、その間にみんなも、どんな風に書くか考えて」

こうして、ユーちゃんから始まって葵ちゃん、僕、シゲさんの順にサインして、最後はオカミさんが『薬師湯主人・鈴原京子』と書いて締めくくった。

「はい、じゃあ、いくわよ！」

結局、記念撮影が終わるまでに三十分ぐらいかかっただろうか。セルフタイマーで撮った一枚は、僕にとって最高の宝物になった。

お盆前とはいえ台風に見舞われたり、ゲリラ雷雨に遭ってもおかしくない時期で、僕は一時間おきに天気予報アプリを確認していた。今のところ雨に降られることはなさそうだ。

ケロは美術監督としてステージに不具合がないか目を光らせながら、複数台のカメラを駆使し、写真や動画を『なかぼん公式サイト』にほぼリアルタイムでアップしていた。そのサイトをチェックしながら脱衣所のごみ箱や牛乳の空き瓶などを整理していると、フロントのオカミさんに声をかけられた。

「あら、蓮君、何してるの？　そろそろ始まるころでしょ？　会場に行かないと」

「けど、今日は葵ちゃんもいないし、僕ぐらいは残ってないと。それにケロがこうやって動画とかをあげてくれてますから、何となくですけど雰囲気は分かります」

僕はスマホの液晶をオカミさんに向けながら答えた。

「何を言ってるのよ、仕事なんて、なんとでもなるから。ケロちゃんとユーちゃんの晴れ姿を見てきてちょうだい。私も後で行くから」

「……けど」

そこへ二人の男性が暖簾をくぐって入ってきた。思わず「いらっしゃいませ」と口にする。

「おう、久しぶりだな。覚えてるか？　俺のこと」

その顔は欣二さんだった。後ろに続くのは二号室の先輩である仁さん。

「あら、欣ちゃん。思ってたより早かったわね」

オカミさんが笑った。

「うん、早々に現場を片付けて駆けつけたよ。ちょうど薬師あいロードの入口で仁君と一緒になった」

そう言えば、仁さんは大阪在住のはず。

「うまく都合がついて一本早い『のぞみ』に乗れました。はい、これ、お土産です」

仁さんは左手の紙袋を掲げた。それは大阪名物の豚まんだった。

「悪いわね」

「いえ、どうせ夏休みといっても実家に帰るぐらいしか、することがなかったんで。オカミさんやみんなに会いたかったし」

仁さんはちょっと照れ臭そうに笑うと僕の背中を押した。

「ほら、ぼんやりしてないで、早く会場に行きなよ。僕もひと段落したころを見計らって行くから」

「でっ、でも」

「でもも、へチマもあるかよ。とにかく気にしないで行ってきな」

躊躇する僕を欣二さんは笑った。

「たまにはシゲさんと一緒に釜場で、あーでもない、こーでもないって世間話をするのも悪くないんだ。あとは先輩に任せて、さあ、さっさと行った」

「……すみません。じゃあ、御言葉に甘えて行ってきます」

僕は一旦部屋に戻ると、『なかぼんTシャツ』に着替えた。

ケロにサインしてもらってから、ハンガーにかけて部屋に飾っておいたTシャツに袖を通すと、なんだか急にワクワクしてきた。


早稲田通りはすでに人で一杯で、中野通りにたどり着くまでに普段の三倍ぐらい時間がかかった。しかも通りの反対側に渡ろうにも交通整理の警察官が大勢いて、ロープで横断歩道からはみ出さないように規制線を張っていた。

中野サンプラザの脇を通り、大勢の人波に揉《も》まれながらセントラルパークの会場に着いた。時計を見れば薬師湯を出てから三十分もかかったことになる。

セントラルパークは大勢の人で賑わっており、浴衣《ゆかた》や甚平《じんべい》といった格好の人たちが多かった。日が大きく傾いたとはいえ、まだまだ気温は高く、さらに集まった人たちの熱気でみんな汗が止まらないといった様子だった。

ステージには幼稚園ぐらいのちびっこダンサーが数名上がっていて、音楽に合わせてヒップホップを踊っていた。かなり上手でこれだけの人の前で緊張もせず踊れる度胸に驚いた。

　曲が終わると袖からユーちゃんと相方のMCが出てきて、披露を終えた子供たちにマイクを向けた。勝手気ままな受け答えをする子供相手のインタビューは難しいだろうに、ユーちゃんは上手に仕切っていた。

　そうこうしている間に日が沈み、瞬いた照明でステージが一段と華やかになった。けれど、その煌《きら》めきは、いわゆる品のないギラギラした感じではなく、どことなく昭和を思わせる温かさがあった。

「どう？　俺がデザインしたステージは」

　ふと横を見るとケロと葵ちゃんが立っていた。

「いいですね……、何て言ったらいいのか分からないけど、ちょっとケロのイメージと違って、そのギャップがまたいいです」

「まあ、俺の人となりなんて、ほとんどの人が知らないからね。そのギャップ萌《も》えは薬師湯のみんなにしか通用しないと思うけど……。なんだろう、今回、俺は自分が好きなものよりも、中野駅前大盆踊り大会に来る人たちが喜びそうなものを作るようにしたんだ。この『なかぽんTシャツ』もそうだけど、俺の好みだけでデザインしたら、朝顔も花火も描かないと思うんだ」

「へぇ」

相変わらず僕の相槌は愛想がない。

今になって気付いたけれど、葵ちゃんは出かけた時のTシャツにジーンズから、浴衣に着替えていた。

「あれ？　どうしたの、それ」

「びっくりしたでしょ？　実行委員の方が多めにレンタルを用意したからって、御厚意で貸してくれたの。一応、うちは和装の着付けやセットもする店だから、私も浴衣ぐらいは自分で着れるのよ。どう？　似合う？」

葵ちゃんは両手を広げるとくるりと回った。帯の背中には『なかぽんTシャツ』に描かれたものと同じ朝顔と花火をあしらった団扇《うちわ》が差してあった。

「あー、えーっ、うん、うん、似合ってる、よく似合ってる」

何て言ったら良いのか全く分からず、やっと絞り出した。ケロが呆れた顔をして首を振った。

「バカだなぁ、ストレートに『可愛いよ』って言うんだよ」

「ふーんだ、ケロちゃんが言っても信じられません。誰にでも『可愛い』だの『きれい』だのって言ってるの知ってるもん」

葵ちゃんが頬を膨らませる。

「難しいんですね……」

僕が零すと二人は顔を見合わせて笑った。

「はーい、じゃあ、そろそろ一回目の盆踊りタイムでーす。いいですか、みなさん一曲目は東京音頭ですよ。じゃあ、振り付けの確認を一緒にしましょう！」

ユーちゃんがひときわ高い声をあげた。

「はい、まず『パパンがパン』と手拍子します」

相方のＭＣがステージ正面の大型モニターに映し出された踊り方を解説する動画に合わせて説明する。これに合わせてユーちゃんが同じ内容をさまざまな言葉に訳す。英語や中国語、韓国語など、どれも相当に早口だが、ネイティブの人には十分聞き取れるスピードなのだろう。

「はい、次は右手を額の前にかざし、反対側は――」

ユーちゃんは会場に集まった人たちの顔を隅々まで見渡し、次々に色んな言葉に訳す。ベトナム語、フィリピン語、タイ語にフランス語、インドネシア語、スペイン語、ポルトガル語、イタリア語、ロシア語にドイツ語……。

一ヶ月ぐらい前だった。ユーちゃんに頼まれて盆踊りの説明パートの台本を何ヶ国分も翻訳ソフトにかけてあげた。

「こんなにたくさんの言葉、覚えられるの？」

英語が大の苦手で、第二外国語として履修している中国語はいまだに四声をちゃんと発音できずにいる僕からすると、ユーちゃんがやろうとしていることは、途轍もなく難しいことに思えた。

「もちろん暗記なんて無理だから、メモを作ってポケットに入れとくよ。けど、せっかくみんなで盆踊りをやろうってイベントなんだから、東京音頭と炭坑節《たんこうぶし》ぐらい、ちゃんと説明をしてあげたい」

いつになく真剣な顔のユーちゃんは、ハッとするほど美しい。

「蓮はさ、中野区に何ヶ国の人が何人ぐらい住んでると思う?」

パソコンを操作する僕にユーちゃんが出題した。

「うーん、この翻訳しなきゃあならない言葉の数から推測する限りだけど……、二十ヶ国ぐらいかな? 人数は五千人ぐらい?」

「ぶーーっ、はずれ。約百二十の国や地域からきた人が二万人以上暮らしてるんだよ。中野区の人口は約三十三万人だから六パーセントぐらいかな、外国人比率。まあ、私も、その約二万人のうちの一人なんだけどね」

全然知らなかった。

「中野区の外国人比率は二十三区のだいたい九位とか十位ぐらい。けどね、特定の国の人が大勢を占めるみたいなことがなくて、色んな国の人が暮らしてるってところに特徴があるんだよ」

　薬師湯はもちろん、中野区暮らしでも大先輩とはいえ、マレーシアから来たユーちゃんに解説されるなんて、ちょっと恥ずかしかった。もっと自分が暮らす街に興味を持たなきゃなあと思った。


　ぼんやりとユーちゃんとのやりとりを思い出しているうちに、振り付けの説明は終わっていた。

「さぁ、やってみましょう！　間違っても大丈夫！　誰も気にしません。見様見真似《みようみまね》でもやっているうちに、だんだんコツはつかめます。大切なのは楽しむこと。さぁ、行きますよ」

　ユーちゃんの元気な掛け声で東京音頭が流れ、人の輪がゆっくりと動きだした。

「ほら、蓮も一緒に踊ろう」

　葵ちゃんに促されて僕も踊りだした。どうにもぎこちなくしか踊れないけれど、うれしそうな表情の葵ちゃんと一緒で僕も楽しかった。

「二人とも、こっち見て！」

　人波をよけながらケロがシャッターを切った。

「その調子、その調子。はい、それ、パパンがパン」

ユーちゃんの朗らかな声が中野の夜空に響いた。

＊＊＊＊

八月十六日（日）　天気：晴れ時々曇り　　　　　記入：本田滋

昨日・今日と中野駅前大盆踊り大会が催された。今年は『なかぼんTシャツ』とメイン会場のセットのデザインにケロが、MCにユーちゃんが選ばれるなど、薬師湯にとって特別な盆踊りとなった。私も手伝いにきた欣二や仁に釜場を任せて、二人の晴れ姿を拝みにいった。

ここのところセットの設営などに付きっ切りだったケロは、日に焼けて精悍《せいかん》な顔つきで、運営スタッフにテキパキと指示を出しながら、写真撮影をこなすなど、まるで別人のようだ。やっと、自分が生きるべき場所を見つけたという思いに違いない。

MCのユーちゃんも堂々たるもので、立派に進行を仕切っていた。多分、台本があるにしても、アクシデントだらけに違いないのだが、上手なアドリブで和やかな雰囲気を作っていた。

ケロとユーちゃんの活躍はとても嬉しいけれど、これが踏み台となって二人が大きく羽ばたいてしまうような予感がする。子の成長が嬉しくもあり、寂しくもあるといった親の気持ちは、きっと、こんなものなのかもしれない。

　しばらく厳しい残暑が続くと天気予報では言っていたが、意外と秋の訪れが早いような気がしたのは私だけだろうか。

秋

「コンバンワ」

八時半を過ぎると、夕食を済ませた人たちの波が押し寄せる。ただでさえ混雑する時間帯なのだが、最近は海外からの旅行客も日本の銭湯を楽しもうとやって来るのでフロントは結構大変だ。

「ウェルカム トゥ ヤクシユ」

一生懸命に作り笑いをして出迎える。どう頑張ってもユーちゃんのような流暢な発音は無理だ。カタカナ英語まる出しで格好悪いけれど、とにかく相手の耳にしっかりと届くように大きな声でハッキリと言うことだけを心掛けている。

友人同士といった若い男性二人は、手にオレンジ色のチケットを持っていた。近所にある宿泊施設『Tomari - Gi』と薬師湯が提携して発行しているもので、入浴料と貸しタオル、それにソフトドリンク一杯分がセットになったものだ。

僕はチケットから必要な部分を千切った残りと、タオル、英語版の『銭湯の入り方の手引き』を合わせて渡した。

　どうやら他所《よそ》の銭湯に入ったことがあるようで、客は迷うことなく男湯の暖簾をくぐっていった。その後ろ姿を見送りながら、僕はほっと小さな溜め息を零した。多少慣れたとはいえ、やはり日本語が通じないお客さんは緊張する。

「随分と英語が上手になったじゃない」

　不意に声をかけられた。戸口に目をやると、さっきのお客さんが泊まっている『Tomari-Gi』のオーナーである咲良《さくら》さんが立っていた。

「見てたんですか？　嫌だなぁ……。お客さんも安心するだろうから、声をかけてくれたらいいのに」

　咲良さんは買い物帰りといった様子で肩から大きなエコバッグを提げていた。

「たまたま入って行くのが見えたから、ちょっと覗いてみただけよ。頼まれもしないのにサポートなんかしちゃったら、彼らの邪魔をすることになっちゃうじゃない。私の所に泊まりに来る人って、もう普通の観光じゃあ飽き足らない人たちが多いのよ。普通の日本人の生活に触れたくて来てる訳だから、言葉が通じないぐらいでちょうどいいの」

「そんなもんですかね……」

「そんなものよ。じゃあね」

　そう言うなり爽やかな笑顔を残して帰っていった。

咲良さんは薬師湯の常連である翠さんのお孫さんだ。孫といっても、三十代中頃といった年格好で、素敵な大人の女性を絵に描いたような人だ。

日本で生まれたけれど、ご両親の仕事の関係で世界中を転々としており、日本語や英語はもちろん様々な国の言語に堪能で、アメリカの大学を卒業してからは外資系の金融機関で働いていたそうだ。

大きな額のお金を動かすダイナミズムにあふれた仕事は働き甲斐に満ちていそうだが、金融業界は常に世界中のどこかで取り引きが続いており、文字通り二十四時間・三百六十五日休むことはない。当然、その中心で働くということは、休みなく働き続けることを意味し、それは心身を磨り潰すことにつながったようだ。

三十代に入り、より高いポストで働き続けるか、それとも別な道に進むかを考えるべく、咲良さんは長期の休みを取り、仕事を離れて翠さんのもとへ身をよせた。

翠さんが暮らす新井薬師周辺は、都会のはずなのに緑が多く、少しのんびりとして、下町のような温かさがあふれている。それでいて山の手の上品さや奥ゆかしさをも併せ持つ不思議な雰囲気がある。そんな心落ち着く空気に咲良さんは魅了されたという。

「物心がついたころから、一年おきぐらいに引っ越しばかりしていたから、私には故郷と呼べるところがないの。まあ、キザな言い方をするなら『世界中が私の街』なんだけど。でもね、お祖母《ばあ》ちゃんが側《そば》にいてくれたっていうのが一番の理由だと思うけど、新井薬師はなんだかほっとするのよね。それでいて退屈する訳でもないし。本当に素敵なところだと思う、新井薬師って」

何時だったか咲良さんはそんな話を聞かせてくれた。

勤めていた会社に辞表を出し、アメリカからスーツケースひとつを携えて翠さんの家で居候を始めると、それを聞きつけた丸さんが薬師湯に来た咲良さんに話を持ち掛けた。

「出物のアパートが一軒あるんだ。よかったら家主にならねぇか？　いや、なに、俺の古いダチ公が大家だったんだが死んじまってな。このままだと周りの土地と合わせて再開発ってなことになりそうなんだ。そうなると、この見慣れた街なみが変わっちまう。できれば、なるべくこれまでの雰囲気を大切にして使ってくれる人に買ってもらいてぇんだ」

賄賂《わいろ》のつもりなのか、丸さんはフルーツ牛乳を差し出しながら物件の平面図や立地が分かる地図などを広げて説明を続けた。

丸さんが持ってきた物件は、昭和に造られた二階建ての木造アパートだった。一階、二階ともに五部屋の合計十世帯が入居できるとあって、まあまあな大きさだ。

各部屋はそれぞれ四畳の台所兼食堂と六畳と四畳半で、いわゆる2ＤＫの間取りになっている。各室にトイレは付いているけれど、お風呂はない。なぜなら、徒歩一分ほどの距離に薬師湯があるからだ。

地図を覗き込んだオカミさんが「丸さん、これって『あけぼの荘』のこと?」と口を挟んだ。

「ああ、そうだよ」

「あそこ、もう長いこと誰も住んでなかったでしょう。大丈夫なの? 人が住んでないと家はすぐに傷むって言うじゃない。使い物になるのかしら。だいたい、いくらうちの近所だからって、今どき内風呂のないアパートになんて誰も住まないわよ」

丸さんはバツの悪そうな顔をした。

「そこを突っ込まれると弱るね……。まあ、不動産業者の査定じゃあ上物はまだまだ十分使えるけど、時代に合わないから資産価値はゼロ、むしろ更地にする手間がかかるからマイナスって話だ」

それまで黙っていた咲良さんが口を開いた。

「お値段って、どれぐらいですか?」

「うん、今のところ、これぐらい。あとは交渉次第だね」

丸さんはスマホの電卓アプリに金額を打ち込むと、ちらっと見せた。咲良さんはしばらく考え込むと口を開いた。

「とりあえず、明日にでも実際に場所と建物を見に行ってみないと何とも言えないけど。

でも、せっかくの話だし、これも何かの縁だと思うから考えてみるわ」

翠さんとの古い付き合いの丸さんが持って来てくれた話だからと、咲良さんは丁寧な応対をしているようだった。けれど、これが切っ掛けで咲良さんは『あけぼの荘』のオーナーになった。

「なんで、あんなボロボロのアパートを買うの？　無理しなくてもよかったのに。断り難いなら、私が代わりに話してあげてもいいのよ」

数日後、女湯から出てきた咲良さんにオカミさんが声をかけた。

「ううん、大丈夫、安心して。私なりに考えがあって決めたことだから。でも、まあ、ちょっと、あれこれと手を入れたりしないとダメだとは思うの。その辺の手伝いを蓮君とかケロちゃんにお願いしたいなって思ってるんだけど？　構わないかしら」

オカミさんの隣でぼんやりと立っていた僕の顔を咲良さんはチラッと見やった。

「空いてる時間に何をしようが私は口を挟まないわよ。直接頼んでもらって構わない。アルバイトなのか、ボランティアになるのか知らないけれど、二人が手伝うって言うならいいんじゃない？　意外とユーちゃんとか葵ちゃんも器用よ。それに二人とも好奇心旺盛だから。どうせなら声をかけてやって」

咲良さんは区役所や都の相談窓口などに足しげく通い色々な補助を引き出し、さらに大手都銀や地元の信用金庫などから融資を取り付けた。この辺の段取りや交渉などは、大手外資系金融で働いていた咲良さんにとってお茶の子さいさいだったに違いない。なにせ一切の手続きを終えるのに半月とかからなかったのだから。

「それにしてもよ、咲良ちゃんは男前だよな」

ある晩、引き渡しが終わったと教えてくれたあとに丸さんは感心したように呟いた。

「女性に対して男前って……、それは褒《ほ》め言葉なの？」

僕と一緒にフロント番をしていた葵ちゃんが眉根をよせた。

「俺にしてみれば最高の誉《ほ》め言葉のつもりなんだけどね」

丸さんは缶ビールを開けるなり半分ぐらいぐっと飲むと「ふぁーーーっ、たまらんね」と呻き声を漏らした。

「まあ、今どきは避けた方が無難な言い回しだとは思いますけどね」

同じく缶ビールに口をつけながらバタやんが呟いた。

「なんでだよ？　褒めてるつもりなんだぜ。悪いがケロや蓮にはもったいなくて使えねぇ言葉だな」

ちらっとこちらを見やる葵ちゃんに僕は肩を竦《すく》めてみせた。

「男前は、一般的に男性の容姿や性格、それに態度などを褒める際に用いる言葉です。咲良さんは美しい人ですから、その姿から男性を連想することはないでしょう。よって、丸さんは決断力や行動力があることを男前と表現したものと推察します」

いかにも元大学教授といった口調でバタやんが解説してくれた。

「おうよ！　何人にも声をかけたけれど、昭和の雰囲気が残る新井薬師周辺の街なみを残すためにひと肌脱ごうってな俠気《おとこぎ》のある奴は咲良ちゃんだけだったぜ」

「まあ、時代錯誤と言われても仕方のない発言ですが、丸さんは褒めてるつもりみたいですから大目に見てやってください。でも、咲良さんは俠気やら気《き》っ風《ぷ》の良さやらだけで、『あけぼの荘』を買った訳じゃないと思いますよ」

「当たり前でしょう？　ちゃんとソロバンは弾《はじ》いてありますう」

不意に暖簾の向こうから声が聞こえた。くぐって来たのは噂《うわさ》の当人だった。

「やけにくしゃみばかりでると思ったら。嫌ねぇ」

「いよっ！　待ってました」

丸さんが大向こうのように掛け声を上げた。

「丸さんは綽名を付ける名人だって聞いたけど、あの物件に変な屋号を付けたりしないでよ。改装プランに合わせてちゃんとしたデザイナーに考えてもらう予定なんだから」

回数券を葵ちゃんに千切ってもらいながら咲良さんが答えた。

「やはり大規模な改装をなさるんですか？」

バタやんが口を挟んだ。

「ええ、アパートとして再開するのは難しいだろうから、大胆に手を入れて主に海外からの旅行客向けの宿泊施設にしようと思って。本当はあれこれ規制があるんだけど、特別条例を適用してもらえることになったから。でね、難しいところは専門の業者さんにお願いするけれど、それ以外は自分でやろうと思ってるの。コストを抑えるって狙いもあるけれど、その方が楽しそうだなって思って」

「わー、それ、超おもしろそう！　私も手伝いたい」

ふと見るとユーちゃんだった。どうやら夕飯をすませて交代に来てくれたようだ。

「ありがとう。明日、建築士の知り合いにしっかりと見てもらって、だいたいの工事日程を決めるから。みんなに手伝ってもらいたい作業なんかを整理したら、改めて相談をしにくる。よろしくね」

こうして僕たち薬師湯の居候四人組は咲良さんの改装を手伝うことになった。始めのころは不要な建具を撤去したり、押し入れを解体したりといった力仕事が多く、そのほとんどを僕とケロが手伝った。不要な木材などは、リアカーに乗せて薬師湯に持ち込むと、シゲさんが薪として引き取ってくれた。

手伝いに行くと、昼食はもちろん数時間おきの休憩におやつや軽食を用意してくれて、それを食べながら咲良さんから色んな話を聞いた。二十歳を過ぎたというのに海外旅行のひとつもしたことのない僕にとって、咲良さんの話はどれも興味深いものばかりだ。それに朝晩はオカミさんが用意してくれるけれど、お昼は自分でなんとかしなければならないので、咲良さんの賄いはありがたかった。

ある日のお昼ご飯はホットドッグだった。中庭に出したキャンプ用のテーブルには、大きなお皿のうえにクラフト紙に包まれたドッグパンが置いてあった。コッペパンを流用した大振りのドッグパンの切れ込みに、刻み玉ねぎを軽く炒めて塩胡椒したものがたっぷりと敷かれ、その上に立派なソーセージがドーンと載せてあった。

「ケチャップとマスタードはお好きなように」

ホットドッグは作られたばかりのようで、ほんのりと温かかった。その日の手伝いは僕の他にケロがいて、早速二人して立水栓《りっすいせん》で手を洗うと、たっぷりケチャップとマスタードをかけ、齧《かじ》り付いた。

「うっ、うま……、美味いです」

思わず言葉が零れた。

「ありがとう、お世辞半分だろうけれど」

咲良さんはほっとしたような表情でスープの入ったマグを渡してくれた。スープには刻んだキャベツに玉ねぎ、ピーマン、ニンジン、それにコーンと大豆が入っていた。

「ミネストローネよ。と言っても、もどきだけどね。固形ブイヨンをベースに、ケチャップとウスターソースで味を調えただけだから。味はさておき野菜不足を補えるかと思って。でも、二人はオカミさんの食事を食べてる訳だから、栄養のバランスを心配する必要はないわね。まあ、私に付き合って食べてちょうだい」

「いや、俺は二日酔いでほとんど朝飯は無理ですし、夕飯も週に二回ぐらいしか食べないかな。だから、ありがたいです、こういうの。外食となると牛丼とかラーメンばっかりで野菜が摂れませんからね」

「さすがは現役ホスト！　おべんちゃらも上手ね」

「いやいや、もっとお愛想が言えてたら、とっくの昔に薬師湯から出てると思います」

あっと言う間に食べ終えたが、咲良さんはちゃんとお代わりを用意してくれていた。

「それにしても、なんでホットドッグなんて名前なんですかね？　犬になんて、全然似てませんよね？」

僕は二本目を眺めながら疑問を口にした。

「確かにな、熱い犬だなんて」

ケロが深く頷いた。

「私が聞いた話だと、見た目が胴の長いダックスフントに似てるからだってことなんだけど。茹でたソーセージを素手でつかむと熱いからパンに挟むようになったのが始まりだそうよ。その後、アメリカに移民として渡ったドイツ系の人によって、その料理がアメリカ中に広まったらしいんだけど、もともとフランクフルト地方で生まれたソーセージが使われていたことから、その総称である『フランクフルター』って名前で最初は呼ばれてたみたい」

「素手でつかむと熱いからパンに挟むって……、本当ですかね？」

　思わず突っ込むと「知らないわよ、私だって聞いた話だもの」と咲良さんは笑った。

「でも、細長いソーセージの形がダックスフントに似ていたのであれば、ホットダックスフントって名前でも良かったような気がしますけど……」

「まあ、それはそれで、雰囲気が出ないよね」

　僕とケロが顔を見合わせて首を傾げている様子に咲良さんが頷いた。

「タッド・ドーガンっていう人が、球場で売られていたフランクフルターに触発されてダックスフントをフランクフルターに見立てた漫画を描いたらしいんだけど、ダックスフントって単語のスペルを思い出せなくてホットドッグって書いたのが始まりらしいわ」

「へー」

　ケロと僕は合唱するように相槌を打った。

「それにしても、ホットドッグのソーセージって茹でるものなんですね。てっきりフライパンか何かで焼いたものを使うのかと思ってた」

「もちろん焼く人もいるけど、意外と焼くのは難しいと思うわ。火が強すぎたら表面が焦げてしまうし、弱ければ中まで温まらない。かといって急に温度を上げてしまうと皮が破裂しちゃう。破けてしまったら、せっかくの美味しい脂が流れてしまうわ。それは茹でる時も一緒だけど。沸騰させないように加減しながらじっくり温めるのが美味しく作るコツよ。かといってダラダラと茹でてると、美味しさが全てお湯に抜け出てしまうから気を付けないと」

「なんだかんだ言って、茹でるのも焼くのも難しいってことですよね」

「確かに」

ペロッとそれぞれ二つものホットドッグとミネストローネを食べ終えた僕らに、咲良さんは珈琲を淹《い》れる準備を始めた。見ればお皿のホットドッグは、まだ半分以上残っている。

「珈琲ぐらい俺が淹れますよ」

お湯の詰まったポットを受け取ると、ケロはペーパーフィルターに注ぎ始めた。

「そう言えばアメリカにはホットドッグの専門店がたくさんあるそうですね。今日みたいに自宅で作って食べるよりも、お店で買って食べる人の方が多いって何かで読んだ記憶があるんですけど」

「確かにホットドッグのお店がたくさんあったわ。大手のチェーン店なんかもあるし、家族経営の小さなお店もね。ソーセージもパンも野菜も、店それぞれに特色があって面白かったな。そうね、日本でいうとラーメンみたいなものかな」

こんな感じで、お昼の休憩は一時間をゆっくりと過ごす。料理は咲良さん曰く「ちゃちゃっと、簡単に作れるものばかり」だそうだが、自家製のコンビーフをたっぷり挟んだホットサンドや、牛肉百パーセントのパテを使ったハンバーガー、蕎麦粉で作ったクレープのようなガレット、トマトと挽肉《ひきにく》の旨味たっぷりのミートソーススパゲッティなど、どれもボリュームたっぷりで美味しかった。

それらとは別に午後の休憩には、ちょっとしたお菓子を用意してくれる。ドーナツやケーキ、パイ、クッキーやビスケットなどが温かな珈琲や紅茶と一緒に供される。それらを遠慮なくいただくと、夕方まで集中して作業にあたることができる。適度な休憩と甘いものなどを間食として摂ることの大切さを痛感した。思わず「こんなに気を遣ってもらってすみません」と礼を言うと、次のようなことを教えてくれた。

「日本でも、昔は大工さんや庭師さんに手入れをしてもらう時に、午前や午後の休憩にお茶とお菓子を出す習慣があったとお祖母ちゃんに教えてもらったけれど。それを聞いて、細やかな気遣いであると同時に、職人さんたちにしっかりと働いてもらうための知恵だなって感心したわ。もっとも最近は、そんな人は減ったらしいけど。って訳で、これは私のためにやってることなの。だから遠慮せずにたくさん食べて。でもって、しっかり働いてね」

その晩、薬師湯の掃除を全員で済ませ、食堂でお汁粉《しるこ》をいただいている時に、ふと思い出して咲良さんから聞いた話をみんなにした。ユーちゃんや葵ちゃんも何回か手伝ってはいたが、僕以外の三人は仕事を持っているので、あまり行くことができない。

「まあ、そんな考えもなくはないだろうが……、けど、それはやっぱり蓮に気を遣わせないための方便だな。多少のバイト代を出しているとはいえ、蓮が手伝いに来てくれていることに感謝しているから、少しでも美味しいものを出そうって思うんだろうよ。でもって、お前は意外と遠慮するタイプだろう？　だから理屈をつけて納得させるようにしてるのさ。優しい子だよな、咲良ちゃんは」

シゲさんの言葉を引き継ぐようにオカミさんが口を開いた。

「そうね。だいたい、蓮君はおやつを出されようが出されなかろうが、目の前の仕事を一生懸命にやってしまうタイプでしょう？　それに自分が納得するまで熱中するから。うちは以前から隅々までしっかりと掃除する主義だったけど、蓮君が入ってからさらに拍車がかかったみたいにあちこちピカピカじゃない。そんな生真面目な蓮君に咲良ちゃんは応えてくれてるのよ」

オカミさんとシゲさんが顔を見合わせて深々と頷いた。

「……私もそんな細やかな気遣いができる女性になりたいな。咲良さんみたいな」

ふとユーちゃんが漏らした。

「百パー無理！　あのね、そんな髪の毛をどピンクにして、コスプレしながら街中を平気で歩けるような奴が、咲良さんみたいなレディになれる訳がない」

ケロのにべもない言葉にユーちゃんは不敵な笑みを浮かべた。

「これをご覧あれ」

差し出されたスマホには、金髪に派手な化粧をした若い女性が写っていた。

「えっ！　えーっ、これって、もしかして咲良さん？」

「へへーん、約二十年前の咲良さんです。ロンドンでの写真だって」

「信じられない……」

咲良さんの意外な過去にケロは驚いたようだ。

「でも、それって高校生ぐらいでしょう？」

葵ちゃんが口を挟んだ。

「うん、多分そう。咲良さん、親の仕事の関係でアメリカやイギリス、インド、南アフリカ、香港、シンガポールと、あちこちを転々として育ったって言ってた。あのね、私、思うんだけど、咲良さんは色んなところで色んな経験をしてるから、細やかな気配りができる人になったんだと思う」

ケロが考え込むように顎に手をやった。

「確かにな。色んな経験をしてないと、あんなにしなやかなのに、それでいて芯が一本通った強さを感じさせる美しさは醸《かも》し出せないと思う。ただ単に上辺だけが綺麗な人はたくさんいるけど、滲《にじ》み出るような魅力を内包するのは簡単じゃないと思うよ」

その諭すような口調にカチンと来たのか、ユーちゃんは「イーだ！」とアッカンベーをした。

「ケロが泣いて悔しがるぐらいのレディになって、見返してあげるわよ。あの時に生意気なことを言ってごめんなさい。本当に恥ずかしい……って懺悔《ざんげ》させてあげる」

「それはそれは、実に楽しみ。その時は土下座してお詫びします」

二人の不毛な戦いをみんなでぼんやりと眺めた。

結局、『あけぼの荘』の改装は一ヶ月半ほどかかった。それでも周りの人たちは「信じられないスピード！」と驚いていた。構造上の安全性を高める補強工事や、屋根や壁の防水処置、水回りや電気工事などの専門的な技術が必要な仕事には業者さんに隔週で入ってもらい、その合間に咲良さんや僕たちの手で床を張り替えたり、ペンキを塗り直したりといったＤＩＹ感覚でできる作業を進めた。

海外暮らしの長かった咲良さんは「ちょっとしたことなら女性でも自分でやるのよ。どこも日本に比べると専門的な業者さんの手間賃が高いから」とのことで、様々な工具を上手に使いこなしていた。

薬師湯のメンバーの中では、美大に通っていただけあり、また盆踊りのセット作りなどの経験もあってか、ケロが一番上手だった。そしてユーちゃんもコスプレ用の小道具作りで慣れているからか工具の扱いが上手だ。葵ちゃんも美容師なだけに細かな作業が得意で、やっぱり僕が一番要領が悪く作業も遅かった。その分、暇があれば現場に顔をだし、力仕事や単純作業のくり返しといった根気のいる仕事を手伝った。

「すみません、思っていたよりも時間がかかってしまって」

今日は作業の最終日。明日には関係者を招いて内覧会をし、明後日には宿泊客を受け入れる予定になっていた。僕は二階の掃除を頼まれており、十二時までには雑巾がけを終える予定だったが気が付けば一時を回っていた。

「何を言ってるの？　手伝いに来てくれるだけでありがたいのに。もし、蓮君が手伝ってくれてなかったら予定日までに作業が終わってないわ。本当に感謝してるのよ」

何時もながら、咲良さんの労《ねぎら》いの言葉は、心に沁《し》みる。

「はい、今日の賄いはフェイジョアーダよ」

差し出された皿にはライスが盛られ、その上に肉や豆などを煮込んだものがかけてあった。見慣れない料理に少しばかり戸惑った。

「食べたことないでしょう？　でも、美味しいから。騙《だま》されたと思って食べてみて」

僕は恐る恐る肉と豆がかかったライスをひと匙《さじ》ほど口に運んだ。

「……美味しい」

よく見れば肉や豆以外にもベーコンやウィンナーなどが刻んで入れてある。

「味付けは塩胡椒とニンニクだけよ。香りづけにローレルを使ってるけど。あとは素材の持ち味を引き出しただけ」

シンプルな料理なのだろうが滋味深い。

「良かったら、これをトッピングしてみて。味に変化がつくと思うから」

咲良さんはテーブルの真ん中に置いてあった保存容器のふたをとった。

「ビナグレッチソースよ」

「ビナグレッチソース?」

「玉ねぎにピーマン、トマト、それにイタリアンパセリを細かく刻んで、塩と酢、サラダオイルで和えたものよ」

僕は勧められるがままにフェイジョアーダにビナグレッチソースをかけた。すると、お酢の加減だろうか、味がまろやかになった。細かく刻んだ野菜の食感と相まって、爽やかさが増した。

「これも美味しいです」

僕はもう少しビナグレッチソースを足した。

「たくさん使って。どう? 合うでしょう? 私、カレーにも、このソースをトッピングしたりするの。夏の暑い時期なんかに辛いのと一緒に食べると元気が出るわ。そうそう、ステーキなんかと一緒に食べても美味しいのよ。オープンしたら気候のいい季節を選んで、ここでバーベキューをやろうと思ってるの。その時に世界中で私が食べた美味しい肉料理を全部出すから、絶対に食べに来てね」

不器用で作業の遅い自分に呆れて自己嫌悪に陥りかけていたけれど、咲良さんの美味しい手料理を食べていたら、元気が出てきた。

ガツガツと食べ進む僕を柔らかな眼差しで見つめながら、咲良さんは口を開いた。

「あのね、私、思うんだけど、良い街って、フェイジョアーダやビナグレッチソースみたいなものじゃないかって」

きっと僕の顔には「?」と大きく書いてあったに違いない。咲良さんは噴き出した。

「ゴメンね、突拍子もないことを言って。あのね、色んな個性の人がいて、その個性を矯《た》めることなく活《い》かすことで全体が調和する。一人ひとりが周りの人たちを尊重して、その人らしく暮らせるようにって、ちょっとずつ気遣いをする。細々としたルールや決まりごとなんかなくても、思いやる気持ちだけで自ずと落ち着くべきところに落ち着いて、決して誰かに無理をさせない。フェイジョアーダやビナグレッチソースの味付けに必要なのが塩と胡椒、それにお酢ぐらいなのと同じように」

僕はひと匙だけ残っていたお皿の料理を口に運んだ。

「正直に言うと、最初は真っ黒な豆の煮物がご飯にかかってる料理なんて、美味しいのかな？　って半信半疑だったんです。でも、とても美味しかったです」

「良かった」

優しい笑みを浮かべた咲良さんは、とても綺麗だった。

「この料理を教えてくれたのは、イザベラといって、私がブラジルで泊まっていたホテルのオーナーなの。お婆さんって言った方がいいような歳の人なんだけど、綺麗な人で、いつもお化粧をしっかりとして爪のマニキュアが剝げているところなんて見たことがないの。それでいて全部で七部屋ある宿の仕事は、掃除からベッドメイクまで全部一人でやっていたわ。そうやって稼いだお金で三人の子どもを全員大学まで出したって自慢してた。その人がね、だらだらと部屋で過ごしていた私に『手が空いてるなら手伝って。簡単だから作り方を教えてあげる』ってキッチンに入れてくれたの」

何か相槌を打つと良いのだろうけど、上手く言葉が出てこない。

「それが切っ掛けでイザベラとは仲良くなったんだけど、本当に色んな話を聞いたわ。若いころの写真を見せてもらったけど、映画俳優になれるんじゃないかと思うぐらいの美貌で、本当にびっくりした。結婚した旦那さんも街一番のハンサムで、絵に描いたような美男美女なの。その旦那さん、すごくモテるだけに浮気ばかりで、しかも賭け事のトラブルに巻き込まれて死んでしまったって。どうやって三人もの子どもを育てようかと悩んでたら、地元の大親分がホテルの管理人の仕事を世話してくれたそうなの。最初は雇われだったけど、お金を少しずつためて買い取ったって。紆余曲折《うよきょくせつ》あったらしいけど、長男は地元で建設会社を営んでいて、次男は小学校の校長先生、末っ子は役所に勤めてるんだって。十人もの孫がいて、その子たちのサッカーの試合を応援しに行くことが一番の楽しみだって言ってた」

咲良さんはちらっと僕を見やると話を続けた。

「サンパウロの外れにある小さな街の宿だったけど、イザベラが会う人会う人を紹介してくれるから、なんだかその街に暮らしているような気分になっちゃって」

「ブラジルかぁ……。日本からは随分と遠いですね。サッカーの強豪国で、リオのカーニバルがあって……。すみません、あんまり知らないです」

「私も大学生の時に初めて行ったんだけど、それまでブラジルについて何にも知らなかった。それがイザベラみたいな親しい人ができて、その後、何度も行くような国になるなんて。人生って本当に不思議よね」

「そうですか。でも、なんで行ったんですか？　ブラジルに」

僕の問いに咲良さんはちょっと考えるようにして、自分のお皿を眺めた。

「うん。ある人の遺髪を埋めに行ったのよ」

予想外の返事に僕は言葉を失った。

「長くなるけど聞いてくれる？」

咲良さんは、そう前置きをすると静かな声で話し始めた。

「私が二十歳になったばかりのころの話よ。当時、私はアメリカの大学に通っていたんだけど、そこの図書館で知り合いができたの。彼はブラジルからの移民で、多分だけど不法入国者だったと思う。本来なら図書館に入ることはもちろん、キャンパスにも足を踏み入れることは許されないはずなんだけど、私が通ってた大学はのんびりしたところだったから。もっとも、最近はセキュリティも随分と厳しくなってるみたい」

咲良さんはグラスの水を少し飲むと、話しを続けた。

「図書館には出入りできたみたいだけど、さすがに正規の学生ではないから本を貸し出してもらう訳にはいかない。だから彼は何時も一生懸命に読んで、大切だと思ったところはノートに書き写していた。彼が来るのは何時も金曜日のお昼休み。きっとランチの時間を切り上げて図書館に来てたんだと思う。居られるのは長くても三十分ぐらい。その大切な三十分を使って楽しそうに本を読んでいた。ちなみに読んでいる本はいつも同じ。それを閲覧室の隅の方で、周りの学生たちに迷惑をかけないように身を縮めて静かに読んでいたわ」

「なんて名前の方なんですか？　その人」

やっと質問を思いついた。

「ガブリエルって名乗ってた、本名かどうか分からないけど。愛称はガブ。もっとも名前を知ったのは、彼の存在に気づいて随分と経ってからなんだけど……。最初、私が声をかけると、彼は酷く驚いてたわ。何か注意でもされると思ったみたい。かなり警戒されてしまったけど、何回か顔を合わせているうちに少しずつだけど話をするようになったの。でね、ガブが何時も読んでいたのは『Joy of Cooking』っていうアメリカでは有名な料理の本だったのよ」

「料理の本？　そのガブリエルさんはコックさんだったんですか」

「ううん、仕事なら何でもやるって感じのいわゆるワーカーだったわ。大工さんとか庭師さんの下働きで、荷物を運んだり力仕事をしたりって感じ。就労ビザを持ってなかったみたいだから立場が弱いのよ。料理については、教会でホームレスの人たちへの炊き出しを手伝ってるうちに好きになったんだって。最近、献立を考える係に入れてもらえるようになったから提案できるように、この本で勉強してるんだって言ってた。『難しいんだよ、たくさん作らなければならないし、作り置きしても悪くならないもので、しかも誰が食べても美味しいと思うような料理って。それに予算も限られてるからね』って。自分だって、朝から晩まで必死になって働いてやっと暮らしてるはずなのに、人のために料理をすることが楽しいだなんて……」

　咲良さんは大きな溜め息を漏らした。

「そんな彼を応援したくて、私、自分の学生証で本を借りてあげたの。いわゆる〝また貸し〟行為になるから、大学からは禁止されてたけど……。受付カウンターで手続きを終えて図書館の外で渡したら、ガブったら涙を流して喜んでくれて。『こんなに親切にしてくれてありがとう』って。貸出期間は一週間だったから、来週の同じ時間に図書館で待ってるって言って別れたの。それが最後だった」

最後という言葉がちょっと気になった。

「本を貸して三日後ぐらいだったかしら。私のところに刑事さんがやって来て、挨拶もそこそこに差し出されたのはプラスチックバッグに入れられた『Joy of Cooking』だった。『ある人が銃で撃たれて亡くなった。その人の持ち物のなかにこの本があり、挟んであった貸出カードに君の名前があったから事情を聞きに来た』って」

咲良さんの頬を一筋の涙が伝った。僕はテーブルに置いてあったティッシュの箱をそっと彼女の前に置いた。小さな声で「ありがとう」と応えると咲良さんは話を続けた。

「発見された時、ガブは古ぼけたデイパックを胸にぎゅっと抱きしめて倒れていたそうよ。息も絶え絶えなのに、現場に駆け付けた警察官にデイパックを指差して『中に本が入ってる。これを返さなきゃならない』って。『大事な友だちが貸してくれた本だから』って。それだけを言い残すと気を失って、病院に到着する前に息を引き取ったって。刑事さん曰く『大事そうに抱えてたから、金目の物でも入ってると勘違いされたのかもしれない』って。聞けば、かなり治安が悪いところにガブは住んでたみたい。不法滞在の移民だから、そんなところにしか住めなかったのかもしれない……。でも、たかだか数十ドルの本なのよ。ガブの命より大切な訳がないのに。そんな本、放ってしまって良かったのに。なのに、なのに……」

聞いているうちに、心が激しく震えていることに気が付いた。視界がぼやけ、咲良さんの前に置いたティッシュの箱から二枚ほど拝借しなければならないほどになった。

「刑事さんにお願いして遺体を安置してるところまで連れて行ってもらった。本当は親族じゃないからダメなはずなんだけど。でね、その時に、彼を故郷に連れて帰ってあげなきゃと思って、持っていた裁縫セットの鋏で遺髪を一つまみ切らせてもらったの。それを土に還《かえ》すことを目的にブラジルに行ったのよ」

もう返事もできなかった。ただただ、黙って耳を傾けるのが精一杯だった。

「大学が休みに入ると、私は格安の航空チケットを手に入れてブラジルに渡った。そこでね、イザベラと出会ったのよ。フェイジョアーダの作り方を習いながら、私がブラジルに来た訳を話したの。そうしたらねイザベラが『ありがとう』って。『ガブリエルのお母さんに代わってお礼を言うわ』って。でね『私たちの息子であるガブリエルにやさしくしてくれて。そして、その魂を連れて帰ってきてくれて、本当にありがとう。あなたは私たちブラジル中の母親の娘よ。困ったことがあったら、いつでもブラジルに帰ってきなさい。必ず温かく迎えます』って言ってくれた。翌日、近所の教会に一緒に行ってくれて、ガブの遺髪を墓地に埋葬させてもらえるように神父さんにお願いまでしてくれたの。多分、私一人だったら、どこか公園にでも埋めるのが精一杯だったと思うから……。本当にありがたかった」

咲良さんは僕の顔を見て笑った。

「ねえ、なんで蓮君が泣いてるの？」

「だって……」

「……ありがとう」

それから咲良さんと僕はしばらく泣いていた。なんで泣いているのか、よく分からないけれど、会ったこともないガブさんを想って僕は泣いた。

しばらくすると咲良さんはティッシュで盛大に洟《はな》をかむと「ああ、なんか久しぶりに泣いたら、少し落ち着いた」と笑った。

「ごめんね」

「いえ、僕の方こそ……」

「あのね、蓮君にこの話をしたのは、君がどこかガブに似てるからだと思う。口数が少なくて、いつも一生懸命で、とてもやさしくて」

咲良さんはもう一度ティッシュで洟をかむと、無理をするように笑みを作った。

「まあ、そんな訳でブラジルのお母さんであるイザベラとたくさん話をして、彼女が作ってくれた美味しいご飯を食べたら、少しずつだけど元気を取り戻せた。で、それから毎年のようにブラジルに行くようになったんだけど、何時もイザベラは『お帰りなさい』って迎えてくれた。『いらっしゃい』じゃなくてね」

「今も元気にされてるんですか？　イザベラさん」

　咲良さんは小さく首を振った。

「五年ぐらい前に亡くなったわ。私が行った時にはもうお墓の中。ホテルも更地になってた。長男のペドロさんに『なんで潰しちゃったの？』って聞いたら、イザベラの遺言だからって。きっと自分以外の誰かに適当に経営されるのが我慢ならなかったんでしょうね。古いけど、何時も凛《りん》とした空気が流れていて心地いい宿だったから」

　ふと気になって僕は聞いてみた。

「そのイザベラさんのホテルは何ていう名前だったんですか？」

「ああ、言ってなかったっけ？　『ポレイロ』よ。ポルトガル語で『とまり木』って意味。何時かね、私もイザベラみたいな宿の女主人になりたいなって思ってたから。『あけぼの荘』を見た時に『ここだ！　ここが私のポレイロだ』って閃いたの」

「じゃあ、ここもポレイロって名づけるんですか？」

「最初はそうしようかと思ったの。カタカナで『ポレイロ』か、平仮名で『ぽれいろ』とか。もしくは漢字をあてるとかね」

ポケットからメモ帳とボールペンを取り出すと『歩零路』や『葡玲炉』『帆怜櫓』などと書いてくれた。

「なるほど。で、結局、どうするんですか?」

咲良さんは『Tomari - Gi』と書いた。

「日本語の『とまり木』っていうやさしい響きが、なんとなくだけどポルトガル語の『ポレイロ』と雰囲気が似ているような気がして。かと言って日本語だと海外からのお客さんは読めないだろうからローマ字にすることにした」

青いボールペンで書かれた文字は、お昼の柔らかな日の光を浴びて、ニコニコと笑っているように見えた。


翌日、工事をしてくれた業者さんや、薬師湯のみんな、丸さんやバタやん、翠さんなどが集まって『あけぼの荘』改め『Tomari - Gi』の内覧会が行なわれた。セレモニーめいたものは特になく、それぞれが自由に内部を見て回り、最後にお弁当をもらって帰るという簡素なものだった。

入口脇には鋳鉄製《ちゅうてつせい》の切り文字で『Tomari - Gi』とサインが出ており、そのシンプルな看板が格好よかった。ちなみに各部屋の番号も同じ切り文字でデザインされており、それらはケロが知り合いの工場で作ってきたものだった。さらには部屋の鍵につけたキーホルダーや、ホームページのデザインなどもケロが監修をしており、日本風のテイストを感じさせつつ、モダンでシンプルな雰囲気がセンスの良さを感じさせた。

「いいじゃない、これが本当にあの『あけぼの荘』だったの？　って感じね」

工事中、時々差し入れをしてはいたけれど、危ないからと中には入っていなかったオカミさんが感心した様子で呟いた。

「本当に。『用の美』って言葉があるけど、トコトン無駄を省いていくと美しくなるもんだな。どの部屋もベッドにテーブルと椅子、それにトイレと洗面所だけだ。アパートとしちゃあ、ちょっと狭いと思ってたけど、旅行客には十分だな。けど、風呂もテレビもなくて大丈夫なのかい？」

シゲさんが心配そうな顔をした。

「今どき、みんなスマホやタブレットを持ち歩いてるもの。フリーＷｉ‐Ｆｉがあれば、テレビなんて見れなくても誰も文句を言わないよ。だいたい海外からのお客さんは日本のテレビを見たって分からないもの」

ユーちゃんが突っ込む。

「日本にすっかり馴染んじゃったユーちゃんに言われても説得力ないけどね……」

ボヤくシゲさんにみんなが笑う。

「それにお風呂は近所に薬師湯があるんだもの、必要ないわ。どうしても入れない事情がある人向けに、一階にシャワールームを二つ作ってある。でも、大概の人は放っておいても薬師湯に行くはずよ」

「なるほどな。客室清掃で一番面倒なのは水回りだって聞いたことがある。トイレは仕方がないにしても、バスルームがなくて済むなら大きいよな」

ほぼ毎日手伝いに来ていた僕にしてみると、来る人来る人が感心している様子は、まるで自分を褒めてもらっているみたいで嬉しかった。

一通り見て回った人たちは、最後に一階の数室をぶち抜いて作った『広間』に顔を出してから帰ることになっている。

『広間』はフロントやロビー、食堂、居間など、色んな役割を兼ねている。ちなみに宿泊料は予約の際にネット上で決済するので、フロントで宿泊料を支払うなどのやりとりはほとんどない。

一応、飲み物の自動販売機が置いてあるけれど、なるべく飲食は外でしてもらう方針で、フロントでは近所に点在する飲食店の情報を満載したイラストマップを無料で配っている。すぐ近くに商店街があり、朝の七時からモーニングサービスをしている喫茶店や、焼きたてを売っているパン屋さんがあるので、朝食なども用意しない。

「だって周りに美味しいお店が一杯あるんだもの。苦労して用意するなんてバカらしい。なんなら私も一緒になって食べに行きたいぐらいだもの」

「確かにな。お仕着せの朝食バイキングを無理矢理食べさせるぐらいなら、地元の人たちに愛されてる喫茶店でトーストを食べてもらう方が喜ばれそうだもんな」

夕飯は朝食以上に宿で用意する価値がなく、そもそも観光客の多くは「日本に来たら、絶対にあそこへ行きたい！」と思っている店があって、ほとんどの人はどこかで済ませてから宿に来ると咲良さんは言う。

「それに、もし食べ損ねていたとしても中野駅近くには深夜まで営業している飲食店がいくらでもあるから。和洋中はもちろん、ムスリムの人向けやビーガン料理専門店なんかもオープンするって噂もあるし。この辺は本当に便利なのよ」

日本で暮らす外国人の友だちが多いユーちゃんが教えてくれた。

「まあ、色々と問題も起きると思うけど、一つずつ解決して、ちょっとずつ良くしていくつもり。最初から完璧を目指しても無理だからね」

咲良さんは何時も通りの柔和な笑みで応えてくれた。そして、来てくれた人たち一人ひとりに、お弁当の包みを手渡しながら頭をさげた。

「弁松《べんまつ》の〈並《なみ》かし七《なな》〉の赤飯か。随分と張り込んだもんだね」

袋の中身を覗き込みながらシゲさんが感嘆した声をあげた。

「だってお礼と御挨拶を兼ねてだもの。ちょっとでも良いものでないと」

「私なんて、何にもしてないのに。悪いわぁ」

オカミさんが眉根をよせた。

「何を言ってるんですか。陣中見舞いとか言って何度も差し入れをしてくれたのに」

笑う咲良さんにみんなでお礼を言って薬師湯に戻ってきた。

その日のお昼ご飯は、みんなそろってもらってきたお弁当を食べた。

「江戸から続く濃い味つけが弁松の売りですからね。お吸い物や味噌汁でなく、ほうじ茶ぐらいがちょうど良いだろうと思って」

普段なら必ず汁物を用意するオカミさんが急須と湯呑みしかださなかった。

確かにお弁当はしっかりとした味つけだった。おかずは、めかじきの照り焼きに玉子焼、豆のきんとん、蒲鉾《かまぼこ》、煮物として海老に麩《ふ》、蓮根《れんこん》、里芋、蒟蒻《こんにゃく》、さつまあげ、筍《たけのこ》、ごぼう、椎茸《しいたけ》などがあり、そして生姜《しょうが》の辛煮が添えてある。

ご飯は固めに炊いた赤飯で、もち米の一粒一粒がしっかりとした歯応えがある。桜色に染まった赤飯は、祝いの品に相応しい美しさだ。

「確かに美味しいけれど、いかにも日本のお弁当って感じで、咲良さんがこれを選んだのはちょっと意外」

「本当にね。でも、世界中のあちこちを見聞きした人だからこそ、日本の良いものを大切にしたいって思ったのかもよ」

ケロと葵ちゃんの話を聞きながら、なぜだか僕はフェイジョアーダを思い出した。

＊　＊　＊　＊　＊

十月十日（土）　天気：晴れのち曇り　　記入：佐山葵

明日オープン予定の『Tomari - Gi』の内覧会に薬師湯のみんなで行く。幽霊でも出て来そうなほどボロボロだった『あけぼの荘』が見違えるほどピカピカに。私もペンキ塗りの応援に行ったけれど、あんなに立派になるとは思わなかった。蓮はほぼ毎日手伝いに行ってたし、ケロが色々とデザイン面をサポートしたとか。男性陣、お疲れ様でした！

フロントにチラシを置くスペースを用意してくれるそうなので、早速、『GENKO』のショップカードを預ける。咲良さんは「日本の美容室はクオリティが高いのに値段が安いから、絶対に観光ついでにカットとカラーをするべきだって宣伝しておく」と言ってくれた。さて、お客さんは来てくれるでしょうか？

お土産に咲良さんから「弁松」のお弁当をいただく。赤飯とおかずで二千円ぐらいするとか……。高級すぎる！　と思いつつ江戸から続く濃ゆい味を堪能した。

なんとなく何時ものように食堂で食べたけど、よく考えたらセントラルパークか中野四季の森公園に行って、レジャーシートを敷いて食べればよかったと、空っぽのお弁当箱を見ながら後悔した。残念！

滅多なことでは連続して休業しない薬師湯が十一月のはじめにもともと定休日の第一月曜と、翌火曜の二日続けて休業することになった。もっとも、一ヶ月ぐらい前から、この休みについては店内の張り紙などで告知をし、少し離れてはいるけれど、他所の銭湯やサウナを紹介するなど、お客さんに迷惑をかけないように気を付けていた。

理由は定期的に行なっている配管の点検と修理で、ついでに湯船や洗い場の罅《ひび》や欠けが生じたタイルを張り直すといった手入れも行なうという。毎日、丁寧な掃除を欠かさず、月に二回の定休日に小まめなメンテナンスを行なってはいるが、大々的な補修をするには時間が足りない。

そして今回はこれらの工事に合わせて、男湯と女湯に跨《またが》るようにして大きく描いた銭湯絵を描き直してもらうと言う。

「前に描き直してもらったのは五年ぐらい前ですかね？」

配管業者さんや左官屋《さかんや》さんの手配を終えたシゲさんが、二日間の日程表を手にしながらオカミさんに尋ねた。休みを翌週に控えた深夜のことだった。

「そうね、もうそれぐらいになるかしら」

「今回も酒木《さかき》さんにお願いするんですか？　であれば、前回と同じように二日目の朝から来てもらって夕方までで仕上げてもらえる前提で他の仕事を組みますけど？」

オカミさんはちょっと困った顔をした。

「それが酒木さんから断られちゃったのよ。もう体力的にキツイから受けられないって。代わりに独立したお弟子さんを紹介してくれたわ。女性の方なんだけど、酒木さん曰く『私が指導した中では腕前はピカ一』って」

「あっ、それ見学とかってさせてもらえますかね？　なんなら手伝いとかも、させてもらいたいんだけど」

ふと思いついたといった様子でケロが口を開いた。ケロは最近、デザイン関係の仕事がポツポツと入りだし、ホストクラブのバイトも週に数えるほどしか行っていない。稼ぎはもちろんバイトの方が良いらしいが、人脈を増やすためにも、お願いされたデザインの仕事は一切断らないで引き受けているという。

「手伝いをしてくれるなら喜ばれると思うわ。電話で打合せをした時に聞いたんだけど、お弟子さんとか助手のような人はいなくて、全て一人でやってるって言ってたから。念のため明日にでも電話して聞いてみるわ」

嬉しそうに頷くケロをちらっと見やり、ユーちゃんが口を挟んだ。

「ペンキ絵を勉強して、何かに活かす予定でもあるの？」

ケロはゆっくりと首を振った。

「まったく。ただ、銭湯絵師ってもう数えるほどしかいないんだ。そもそも最近は銭湯絵のないところも増えてる。うちみたいに定期的に描き直しているところは本当に珍しい訳で、本当なら国とか都から補助金が出てもおかしくないと俺は思ってる。そんな貴重なものが描き直される現場を見ない手はないと思ってね。それに足場を組んだり養生シートを広げたり、ペンキを運ぶだけでも職人の仕事を間近で見ることができる訳だから。体験しないなんてのはありえないね」

ユーちゃんは納得したように頷いた。

「その気持ち、分からなくはないかな。声に関係する仕事だったら、何でも体験してみたいと私も思うからね」


翌日、オカミさんが相談をすると、絵師の人は薬師湯の関係者なら問題ないと快諾してくれたという。

「そうだ、蓮も手伝いなよ。滅多にない機会だからさ、一緒にやろうよ」

ケロの誘いに僕は少し迷った。

「確かにな、多分だけど早くて次の描き直しは五年後だ。そのころは大学を卒業してるだろうから、蓮もここから出て行ってしまってるだろう。……それに、銭湯絵を描いてくれる人なんて五年経ったらいないかもしれない」

シゲさんが口を挟んだ。

「そうね、前回の描き直しの際に基礎をはじめ、何から何まで耐震補強工事をしたけれど、この建物自体も何年もつやら。建て直す際は銭湯の営業自体を続けるかどうか考えないとダメだしね……。あの人が遺してくれた店だし、常連さんのことを考えたら長く続けたいとは思うけど。まあ、そういう訳だから時間が許すなら、手伝っておいて損はないかな」

オカミさんまで背中を押すような言葉をかけてくれた。

つい先日まで『Tomari - Gi』の改装工事を手伝っていたけれど、それも終わってしまって手持無沙汰《てもちぶさた》だったのでケロの誘いに応じることにした。

「でも、せっかく大学生になったのに、サークル活動とかってしないの？　それに彼女ぐらいできてておかしくないけど？　デートとかってしないの？」

葵ちゃんが不思議そうな顔で僕を眺めた。

「サークルはピンとくるものがなくて入らなかったんだよね。まあ、友だちは何人かできたけど、キャンパスの外で何かするというほどの仲でもないし……」

「まあ、薬師湯がサークルみたいなものだもんね」

ユーちゃんが助け船を出してくれた。

「ということで、せっかくケロが誘ってくれたから手伝います」

毎度ながら流されやすく断り下手な自分の性格に呆れて小さな溜め息が零れた。


前日のうちに配管の点検と高圧洗浄機を用いた清掃を終え、丁寧に拭き掃除をし、窓という窓を開けて換気しておいた湯船と洗い場のタイル補修を終えた。ついでに天井部分の照明機器を降ろし、蛍光灯や白熱電球をすべてＬＥＤに交換した。

火曜日の朝、新聞を取りに表に出ると、通りに一台のワゴン車が停《と》まっていた。運転席には帽子で顔を隠した人が寝ている。ルーフキャリアーには大きな脚立や足場が積まれており、荷室にはペンキの一斗缶が満載されていた。

運転手さんを起こさないように、そーっとポストを開け閉めして食堂に戻ると、オカミさんに絵師さんが来ているかもしれないと伝えた。

「えっ、まだ七時前じゃない？　とりあえず、ケロちゃんを起こして朝ごはんを食べるように言ってちょうだい」

オカミさんはエプロンを外すと、表へと出て行った。僕は慌てて二階にあがると、ケロの部屋の戸を叩いた。けれど返事はない。

ケロは普段から鍵をかけたことがなく、僕にも「俺がいない時でも自由に入っていいよ。金目の物なんて何も置いてないから。本でも何でも好きに持って行っていいからね」と呑気なことを言っている。

「入りますよ」と断って中へと入る。布団にくるまってピクリともしないケロを横目に窓に近づくとカーテンを開けた。

「……なんだよ」

「もうじき七時ですけど、もう絵師さんが来てるみたいなんです。オカミさんがさっさと起きて朝ごはんを食べるようにって……」

そこまで僕が話すと、ケロはガバッと体を起こし、タオルを引っつかむと廊下の洗面台へと駆けていった。

「そんなに慌てなくてもいいと思いますけどね」

ざぶざぶと洗った顔をタオルで拭くと、歯を磨きだし、泡だらけの口でモゴモゴしながら首を振った。

「分かってないなぁ、今日一日とはいえ、俺にとっては師匠にあたる人なんだ。さっさと出迎えなくて、何を教えてもらうというんだ」

この辺の律義さはケロの良いところだと思う。盆踊り大会の仕事でも、大勢の関係者と上手くやれたのは、この辺が奏功したからだと僕は思っている。

身支度を整えたケロと一緒に一階に降りると、シゲさんの誘導で車が釜場近くの空きスペースにバックで入ってくるところだった。

「はい！　ストップ」

シゲさんの声に合わせてブレーキランプが灯ると、すぐにエンジンが切られ、運転席から絵師さんが降りてきた。

「ありがとうございます」

背は百六十センチあるかどうかの小柄で、被《かぶ》った帽子のアジャスターの上からポニーテールが覗いている。

「朝ごはん、まだだったら、一緒にいかが？」

門扉を閉じながらオカミさんが声をかけた。

「いえ、済ませてきましたから大丈夫です」

帽子を取って頭をさげた顔をみて、ケロが驚いたように口を開いた。

「もしかして、瑞枝《みずえ》ちゃん？」

その声にふり向くと目を見開いた。

「えっ！　蛙石君？　なんで君がここにいるの？」

「なんでって……、ここに居候してるんで」

様子が分からない僕がキョロキョロとしていると、オカミさんが「じゃあ、とりあえずお茶でもいかが？　どうせ、この子たちが朝ごはんまだだから。食堂で少しばかり待ってやってください」とみんなを中へと引き入れた。

「へぇー、そういうことなの」

オカミさんが用意してくれた朝食を摂りながらケロは薬師湯に世話になっている経緯を絵師さんに説明した。

「それにしても世間は狭いって言うけど本当ね。まさかケロちゃんが中学時代に教わっていた美術の先生が、うちの銭湯絵を描き直しに来てくれるとは思わなかった」

「それは俺のセリフですよ。でも先生、なんで中学の美術教師から銭湯絵師に転身したんですか？」

納豆飯をかき込みながらケロが尋ねた。

「うーん、まあ、色々とあってね。蛙石君が卒業した翌年に勤務先が変わってしまって。ちょっと荒れた地区の中学で大変だったのよ。そんな時に住んでるところの近所にあった銭湯が絵を描きかえるって話を聞いて、見学をしに行ったの。そうしたら大きな絵を短時間で一気に描きあげるダイナミックな仕事に魅了されちゃって。そもそも、美大に通ってたころも大きな抽象彫刻とかに取り組んでたから、そういうスケールの大きな仕事に興味があったの。で、学校の仕事にも嫌気が差していたから、思い切って辞めちゃった。安定した公務員の仕事を棒に振って、間違いなく先細りしていく仕事に転職するだなんて、自分でもどうかしてるって思ったけど。でもね、後悔はしてない。やっぱり教師よりもペンキ絵師の方が向いてると思う」

「ペンキ絵師？」

ケロよりも先に食べ終えて、お茶をいただいていた僕は口を挟んだ。

「私が師事した酒木は銭湯絵専門だったけど、今は仕事が限られてるから、私はペンキを使って外壁とか看板とかに絵を描く仕事はなんでも引き受けてるの。なのでペンキ絵師って名乗ってる」

差し出された名刺には『ペンキ絵師　田島《たじま》瑞枝』と書いてあった。さらに右上の余白欄は『銭湯絵、看板、外壁絵、御相談で何でもお描きします』という文句が味のある書体で刷り込まれていた。

「田島先生とお呼びしたらいいですかね？」

もらった名刺の裏面には、どこかの銭湯で富士山を描く姿を写した写真が印刷されていた。

「先生はやめてください。教職を離れて随分経ちますから」

「瑞枝ちゃんでいいんじゃねぇ？」

箸を置いたケロが呟いた。

「二十代前半と若かったし、背丈も中学生の俺たちと変わらないから、みんな瑞枝ちゃんって下の名前で呼んでた。叱《しか》られる時ぐらいかな、田島先生って呼ぶのなんて」

ケロはきっと中学のころからませた生徒だったに違いない。

「まあ、田島でも瑞枝でも、好きに呼んでください。さあ、食事が終わったみたいだから早速作業にかかりましょう」

瑞枝さんはキャップを被り直すと僕たちに頷いた。

「とりあえず養生して足場を組むから。しばらくは力仕事が続くけど、よろしくね」

瑞枝さんは運転してきた車のルーフキャリアーから三台の脚立と足場用のアルミパネル、大きなブルーシートなどを降ろすと、三人で分担してそれらを担いで表に回った。正面の入口から男湯の脱衣所を通って洗い場へと運び込む。窓という窓を開け放っておいたお陰で、湯船も洗い場もカラカラに乾いている。

「あの、作業の一部始終を動画で撮影しておきたいんだけど、いい？」

ケロが三脚にセットしたビデオカメラを脱衣所から運び込んだ。

「いいけど。でも、何に使うの？」

「どんな風に撮れるのかによるけど、映像作品になるかなって思って。もちろん編集したら、他の人に見せる前に必ず瑞枝ちゃんには確認してもらうから。問題がなければ知り合いの映像作家とかに見てもらって、作品として発表する方法を考える」

瑞枝さんは小さく肩を竦めると「まあ、いいわ。教え子の役に立てるなら喜んで」と笑って応えた。

「さて、作業を始める前に二人ともこれを被って」

渡されたのはヘルメットだった。

「随分と大袈裟ですね」

思わず呟くと瑞枝さんは大きく首を振った。

「一メートルほどの高さでも、当たり所が悪かったら死んでしまうのよ。足場の高いところだと三メートルはあるんだから。用心するに越したことはないわ。もし、転びそうになったら、道具は放りだしていいから。自分の身を守ることを優先してね」

真剣な眼差しに、僕とケロは黙って頷いた。

準備を整えると、上の方を除いて男湯と女湯を隔てている壁を中心にして湯船全体にブルーシートをかけ、所々を養生テープで固定して外れないようにする。続けて仕切り壁寄りに一台、男湯・女湯の湯船の端にそれぞれ一台ずつの脚立を立て、それらをつなぐようにして足場を渡す。脚立の足元には砂をたっぷり詰めた土嚢《どのう》を重石《おもし》として置き、脚立と足場は太いロープで固定して、ズレることのないようにする。これだけ慎重に準備をすれば大丈夫だろう。それでも地震があったらどうなるんだろう？　とちょっと心配になった。

「やっぱり手伝ってくれる人がいると早いわ。一時間ちょっとしかかかってない」

「普段これを一人でやってるの？　よくできるね」

ケロが呆れたように首を振った。ケロが被るヘルメットには「GoPro」が装着されており、目線とほぼ同じ位置からの映像を記録し続けている。

「まあ、半分は慣れね」

瑞枝さんは小さく微笑むと脱衣所近くまで下がり、絵の全体を俯瞰《ふかん》した。

「そういえば何か設計図のようなものはないの？　普通、これだけ大きな絵だと、十分の一ぐらいの大きさの見本を作って、それを参考に拡大する際の目安となるような補助線を水糸か何かでつけると思うんだけど？」

ケロが何やら専門的な質問をする。

「ペンキ絵、特に銭湯みたいに一日で仕上げなきゃならない現場では、下絵は作らないし、水糸で目印をつけるようなこともしないのよ」

「えっ？　そうなの」

驚くケロに僕は尋ねた。

「下絵ってのは、試し描きみたいなものなんだろうけど、水糸って何？」

「ああ、ごめん。水糸ってのはナイロンとかポリエステルなんかで作られた直径一ミリ前後の糸のことなんだ。工事現場でよく使われていて、基礎の型枠やブロック塀とかを真っ直ぐ作る時に水平を取る目安になるように糸を張るんだ」

知らないことがたくさんあると、薬師湯のみんなと話をするたびに思う。

「大人数で大きな作品を作るようなアートプロジェクトなんかだったら、蛙石君が言ったようにリーダーが下絵を描いて、それを忠実に拡大するために水糸で目印をつけたりするんだろうけど。そもそも、いま描いてある絵を全部塗りつぶして真っ新な壁に戻して一から描き直す訳じゃないのよ」

「そうなんだ……」

「うん、前に描いた人へのリスペクトがあったら、すべてを塗りつぶしてしまうなんてことはできないでしょう？　それが銭湯絵師の間では暗黙の了解なの。それに、全部塗りつぶして、その上から描き直してたら、一日でなんて描き終わらない。ペンキもたくさん必要になるし、エコじゃないでしょう？　だいたい、まるっきり雰囲気が変わってしまったら、お客さんが落ち着いてお風呂に入れないじゃない。『ああ、ちょっと綺麗になったかな』ってぐらいがちょうど良いのよ」

「なるほどねぇ」

元教師と教え子という間柄とあって、二人の質疑応答はスムーズだ。

「とりあえず、上の方の湿気で絵具が浮いてしまってるところをハツりましょう。空の部分は大胆に削っちゃって。描いてある雲に傷がついても大丈夫だから」

瑞枝さんはコテのような道具を差し出した。それを受け取りながら僕は尋ねた。

「これがハツリですか？」

「これはヘラとかスクレーパーって呼ばれてる道具。ハツるっていうのは、壁とか床の表面の造作物を剝がすことを意味するんだ。まあ、だいたい『とりあえず、ハツろうか』って言われたら、何かを剝がすために力仕事をしなきゃならないと覚悟した方がいいってことさ」

ケロの解説に瑞枝さんが笑った。

「浮いた絵具をハツるだけなんだから、大した力仕事じゃないわよ。コンクリの壁からタイルを剝がすとか、基礎を傷つけないようにして上塗りの漆喰《しっくい》だけを削るとかだったら大変だけど」

「どうだろう？　意外とゴシゴシ擦るのは疲れると思うけどね」

ケロは男湯の端に立てた脚立を登り、天井近くの青い部分を削りだした。

「じゃあ、僕は女湯の方から始めます」

「うん、よろしく。くれぐれも怪我だけはしないように。ゆっくりで構わないから」

浮いたペンキをこそげ落とし、調合したペンキで空の部分を塗り直しただけで午前中は使い果たしてしまった。驚いたことに、瑞枝さんが持って来ていたペンキは黄・赤・

青の三原色と白の四つだけだった。これを上手に調合し、様々な色を作りだすという。

「さあ、お昼ご飯ですよ」

フロントの方からオカミさんが声をかけた。手には大きな長手盆があった。

「ペンキまみれでも食べやすいように、おにぎりにしたわよ。ラップで包んであるし、トン汁も使い捨ての容器によそうから汚れても気にしないで食べてちょうだい」

オカミさんの後ろには、大きな鍋を抱えたシゲさんが立っていた。

「すみません、何から何まで」

瑞枝さんは恐縮した様子で頭を下げた。

「何を言ってるの。こっちで用意するからお弁当は持ってこないでって頼んだのは私だもの。だから気にしないで食べてちょうだい」

促されるままにウェットティッシュで手を拭うと、おにぎりにかぶりついた。ほんのりと塩を利かせた飯にしっとりとした海苔《のり》の香りが食欲をそそる。具はたっぷりのシャケや明太子、オカカだった。

トン汁も具沢山で、ざっと見た限りだが大根、人参《にんじん》、蓮根、里芋、ごぼうといった根菜類に、椎茸、舞茸《まいたけ》、シメジといった茸《きのこ》。豚バラ肉に蒲鉾、木綿豆腐、油揚げ、蒟蒻などがゴロゴロしている。豚の脂の加減だろうか、冷めにくく、窓を開け放った浴室で冷えた体を温めてくれる。

おにぎりとトン汁だけでも十分なのに、厚焼き玉子に鶏肉の唐揚げも用意してあった。オカミさんの唐揚げは、塩麴に一晩漬け込んであり、味がしっかりしている。衣は片栗《かたくり》粉《こ》を使っており、冷めても美味しさが落ちることはない。

五人で車座になって食べ進めていると、トン汁をすすりながらシゲさんが描きかけの絵を眺めて呟いた。

「こうやって描き直してもらえるのは、本当にありがたいことだな」

そのしみじみとした口調にオカミさんが頷いた。

「本当に。最初、酒木さんに『もう無理なんだ』って言われた時は、どうしようかと思っちゃった。けど、お弟子さんである田島さんを紹介してもらえて、本当に良かったわ」

「ありがたいのは私の方です。銭湯が年々減っていて、なかなか描かせてもらえるところがありませんから。やっぱり、銭湯絵って、現場でないと学べないことが多いんです。だから、本当にありがたいです」

慌ててかぶりを振って瑞枝さんが応えた。

「まあ、ペンキ絵の仕事が本当に減ってしまったからな」

「昔はそんなにあったんですか？」

シゲさんの呟きに僕は素朴な疑問をぶつけてみた。

「うん、そもそも看板という看板が、みんなペンキに刷毛《はけ》で描く一点ものばかりだったから。今みたいに印刷したフィルムを貼り付けて一丁上がりっていうのとは訳が違う。そうだな、例えば映画館の看板なんて、全部、絵師の手描きだった」

「え？　映画の看板を手描きしてたんですか？」

「昭和のころまでは手描きだったよ。そもそも看板の大きさも映画館によってまちまちだったから。映画会社が作ったポスターを参考に構図なんかも工夫して。描く人によって客の入りが違ったっていうぐらい大切なものだったんだ」

　実物を見たことがないので何とも言えないが、オカミさんやシゲさんの反応を見る限り、その看板絵は昭和世代には印象深いもののようだ。

「私も昭和をテーマにした遊園地とか、地方のショッピングセンターの装飾とかで、昔の映画スターを大きく描いたことがありますけど、あれ難しいんです。普通に写真なんかを見て、その通りに描いてしまうと全体的に平べったい印象になってしまって。ちょっと濃いかな？　ってぐらい陰影をつけないとダメなんです。看板絵は看板絵で銭湯絵とは別な技術が必要で、つくづく難しいなって思います。注文を受けたなら期待される以上の出来栄えにしないと次がありませんから」

「まあ、最近改装する銭湯の多くが、メンテナンスの手間を省くことも考えて、銭湯絵をやめてしまっているところは多いみたいだね。代わりに銭湯絵があったところを真っ白に塗りつぶしてプロジェクターで野球やサッカーの試合を放映したり。凝ったところだとプロジェクションマッピングをしたり……。時代に合わせて変化するのが銭湯ってもので、薬師湯みたいに昭和の風情を守るのは珍しいんだろうね」

ケロが話をまとめると「うーん、食った食った」と腹を擦《さす》った。おにぎり四個にトン汁のお代わりまでして、おかずもバクバクと食べていた。ケロがここまでたくさん食べることは滅多にない。

「給食の後の蛙石君は、満腹だからか寝てばかりって学校中で有名だったけど。今日は寝ている暇はありませんからね」

「大丈夫！　お任せあれ」

瑞枝さんが目を細めた。ケロは普段と違って、少しばかりはしゃいでいるように見える。きっと瑞枝さんがいるからに違いない。

「ご馳走様《ちそうさま》でした」

瑞枝さんが姿勢を正してオカミさんに頭をさげた。

「お粗末様でした。さあ、ケロちゃんも蓮君も頑張ってね」

オカミさんとシゲさんは片付けをすると引き上げて行った。その後ろ姿に瑞枝さんはゆっくりと黙礼をするとケロを見やった。

「良い御縁に恵まれて本当に良かったわね。蛙石君は、どこか危なっかしいところがあって何度もヒヤヒヤさせられたけど……。でも、心のどこかで、この子は大丈夫だって気もしてた。最後には幸運をつかむだろうなって。実際、あんな素晴らしい人たちにお世話になっているんだもの」

「まあ、失敗ばっかりしてるけど、薬師湯の居候の座をゲットした訳だから運に恵まれてるってのは否定できないね」

そんな話をしながら、二人は午後の作業に向けてペンキの調合を始めた。


「ちょっと描き直したというか、塗り直しただけなのに、なんか雰囲気がガラッと変わっちゃった……。凄っ、ってか瑞枝ちゃんって天才じゃない？」

「大袈裟な。だいたい、ちょっと塗り直したって簡単に言うけど少し偏っていた富士山の中心を女湯との境あたりまで移動させたのよ。気付いてる？」

「まあ、そうなんだけど。後で固定撮影しているカメラの映像で確認するけど、本当に不思議。だって、稜線《りょうせん》とかをがっつり描き直した訳じゃないのに、なんで何センチも女湯の方に移動しちゃったの？」

数学の難問を目の前でスラスラと解かれた子どものように、ケロは「なんで？」とか「どうやったの？」と質問ばかり。

夕方近くになって作業は山場を迎えていた。荒々しい岩場に逞《たくま》しく根を張る松、柔らかな曲線を描く砂浜、その砂浜によせては返すさざ波。岩場に叩きつけるような荒波の飛沫《ひまつ》など、細かな作業も瑞枝さんはペンキ用の刷毛で器用にこなしている。

　圧巻は富士山の麓から稜線を登るようにたなびく薄雲だ。ふんわりとした雲を刷毛先ですーっと描いてゆく。

「はぁーーっ、凄いね。さっきから、こればっかり言ってると思うけど。デッサンとか油絵の基礎なんかをしっかり学んだ瑞枝ちゃんだからできることなんだろうな……。本当に上手」

「何年もやってたら蛙石君だってできるようになるわよ」

「うーん、どうだろう。俺だったらエアーブラシでさーっと描いちゃうような気がする。根気よく技術を身に付けられるまで反復練習をするだなんて無理だろうから、手っ取り早く似たような効果が得られる技術を探しちゃうと思うな」

　失笑すると「それじゃあダメなんだろうけど」と首を振った。そんなケロをちらっと見やりながら、瑞枝さんは描き始めの際に立っていた場所にもう一度立った。

「うん、だいたい完成でいいかな」

　両手を腰にやり、深く頷いた。

「ねぇ、蛙石君。手伝ってくれた記念に何か描き足してよ。絵の構図やタッチを崩すことなく、何か描けるでしょう？　君なら」

「えっ、マジで。いやいや、せっかくの瑞枝ちゃんの作品が台無しになっちゃうよ」

ケロは手を振って断った。

「あら、随分と控えめな性格になっちゃったわね。中学のころは、どんどん前にでて、目立ってなんぼって感じだったのに」

「何年前の話をしてるんですか？　俺だって、あっちにぶつかり、こっちにぶつかりってして、色々と学んでるんです」

「ふーん、つまらない。せっかく数年ぶりに出会ったんだから何か描いてよ」

瑞枝さんは絵筆ぐらいの大きさの刷毛を差し出した。

「絵、上手なの覚えてるわよ。風の便りに美大に現役で合格したって聞いたけど。今でも描いてるんでしょう？」

ケロは自嘲するような笑みを口の端に浮かべると小さく首を振った。

「子どもの落書きみたいな絵なら時々ね……。美大も中退しました。中学のころまでは自分を天才だと信じてた。あのころの俺だったら、瑞枝ちゃんに勧められる前に自分から『俺にも何か描かせて！』って言ってるでしょうね。でも、美大受験のための予備校で上には上がいるってことに気づいて、美大に入ったら入ったで、俺が死ぬ気で頑張っても絶対に追いつけないレベルの奴らがゴロゴロいた。絵で飯を食っていける人間には到底なれないって現実を受け入れるのに、随分と時間がかかりましたよ」

「ふーん、そう。残酷な話だけれど、そんなのアートの世界ではありふれた話よね。私も似たような経験をしてるから君の気持ちが分からない訳じゃない。でもね、絵の上手《うま》い下手って何だろう。見たままを写すなら写真でいいよね？　技術的に上手であることが大切なら、人間国宝や文化勲章をもらうような画家の技をＡＩに学ばせれば、似たようなものは簡単にできる世の中になったよ」

瑞枝さんは差し出していた刷毛をケロに握らせた。

「自由に描けってお題が難しいのなら、テーマを決めてあげる。そうね、あの辺の岩場の波間に亀を描いてちょうだい。ああ、小さくて構わない」

「亀？　なんで？」

「縁起がいいから。『鶴は千年、亀は万年』って言うぐらいで長寿のシンボルでしょう？　それに子孫繁栄や金運なんかも。心配しないで、出来栄えが悪かったら刷毛でひと塗りすれば消せるから。ちゃちゃっと波ぐらい描き直せるわ。ほら、早く」

刷毛を受け取ったケロは、松や岩を描いた際に調合したペンキの残りを携えて足場にあがった。少しばかりどの辺に描くかを思案していたが、位置を決めると五分とかからずに、波の間から頭と甲羅の半分を出した亀を描いた。

足場の上から不安そうな顔でケロがふり向いた。きっと、今この瞬間、ケロは中学生だったころに戻っているに違いない。

「いいわ。ねえ、そのまま女湯の方に移動して、雲の合間に鶴も描いてよ。遠近を考えて、本当に小さく。そうね、せっかくだからつがいにしてもらおうかな」

瑞枝さんはペンキや刷毛を広げていた場所から白いペンキと刷毛を選ぶと、背伸びをして足場の上でかがむケロに手渡した。

ケロは何も言わずに新しい刷毛とペンキを受け取ると、足場の上をゆっくりと女湯の方へと移動し、雲の切れ間に小さな影を二つ描いた。ほんの小さく、数分で描き終えたそれは、紛れもなく優美な翼をゆったりと羽ばたかせて飛翔《ひしょう》する二羽の鶴だった。

亀と鶴、二つ合わせても十分とかかっていないだろう。けれど、ケロは大きな溜め息を零すと、不安気な眼差しで瑞枝さんをふり返り「どう？」と尋ねた。

瑞枝さんは大きく頷くと、ゆっくりと手を叩いた。

「凄いわ。ねえ、降りてきて自分で見てごらんなさいよ」

僕はケロに駆けより、刷毛やペンキの入った器を受け取った。ケロは脚立から降りるなり、絵の方をふり向いて、ゆっくりと後ずさりしながら瑞枝さんの隣に立った。

「『画竜点睛《がりょうてんせい》を欠く』って言葉があるけど、蛙石君のお陰で黒目が入ったって感じ」

ケロは小さく首を振った。

「どうせ、わざと俺のために残しておいてくれたんでしょう？　亀の時はもしかしたらって思ったんだけど、鶴は確信したよ。最初から、あの辺に描くつもりだったんでしょう？　ペンキの塗り方があの二か所だけちょっと違った。モチーフを描きやすいように、平らに塗ってある。他は陰影がでるように表情をつけてあるのに」

瑞枝さんはちらっとケロを見やると腰に手を回した。

「なんだか、知らない間に大きくなって」

しばらく二人は黙って共同作品を見つめていた。

「ねぇ」

「うん？」

「俺がヒネくれたままで、亀を描くはずの場所に溺れる猿でも描いたらどうするつもりだったの？　もしくは鶴を描くべきところに沈みゆく夕日とか」

「そりゃあ、情け容赦なくローラーで一気に塗りつぶして描き直したわよ。あと、あまったペンキを頭からぶっかける」

「こわっ。普段は優しいのに怒ると手が付けられないのは、教師だったころと全く変わってないじゃん？」

瑞枝さんはケロの腰に回していた腕を外すと、脇腹を小突いた。

「あのね、三十過ぎたら人間の性格なんてそう簡単には変わらないのよ。蛙石君だって、そう言ってる間に頑固オヤジって呼ばれるようになるんだから」

ふと、隣に僕がいることに気が付いたといった様子で、ケロが頭を掻いた。その照れた顔は、見られたくないところを見られてしまったクラスメイトみたいだ。

「……あの、なんで猿とか夕日なの？」

僕は気まずい空気に負けて質問を口にした。

「ああ、それ。あのね『銭湯絵の三大タブー画題』と言って、猿に夕日、それに紅葉《もみじ》は描かないことになってるのよ。猿は『お客が去る』に通ずるし、沈みゆく夕日は商売が傾くイメージにつながるから。紅葉も似たようなもので散ってしまうっていうのが嫌われたみたい。それに紅色が赤字を連想させるのも良くないのかも。要するに銭湯の経営にとって縁起でもないことを想起させる画題は描かないって約束なの」

「へぇ……、なるほど」

瑞枝さんの解説に思わず深く頷いてしまった。

「代わりにそれ以外なら別に富士山でなくたっていいんだ。『富士山よりも高い山を』という店主の要望に応えてマッターホルンを描いた絵師もいるし、子どもたちに人気の怪獣とか、スーパーカーブームのころはカウンタックやフェラーリを描いたって話も聞いたことがある。ようするにお客さんに楽しんで入ってもらうことが目的だから」

ちょっと落ち着きを取り戻したケロが解説を引き継いだ。

「そっか。ああでも、やっぱり富士山は一番人気なんでしょう？　だけど、なんで銭湯に描かれた富士山は、雪化粧をした冬の富士山ばかりなんだろう？」

「まあ、諸説あるけど、やっぱり誰が見ても富士山って分かりやすいからだと思うわ」

「松竹《しょうちく》映画のオープニングの富士山も、やっぱり雪を被ってるもんね」

瑞枝さんが口を開き、これにケロが被せるのがパターンになってきた。

「一番最初に銭湯絵を始めた銭湯はキカイ湯ってところなんだけど、そこに描かれた絵が評判だったから、みんな真似をしたって話を聞いたことがあるわ」

「それは有名な話だから、前に俺から蓮に教えたよ」

瑞枝さんとケロの会話は休み時間に雑談をしている教師と教え子といった雰囲気だ。

「へぇ、そうなの。じゃあ、その最初の絵を描いた絵師は誰でしょうか？」

「えっ……、えーっと、うーんと、知らない。降参《こうさん》、誰？　教えて」

こんな甘えているケロを見るのは初めてだ。

「川越広四郎《かわごえこうしろう》って画家よ。この川越って画家は静岡県掛川市《しずおかけんかけがわし》の出身で、故郷の富士山の姿を描いたと言われているわ。本人としても、相当に満足した出来栄えだったようで、わざわざ近所の写真館からカメラマンに出張させて撮影してもらったものが今でも残っているわ」

瑞枝さんはスマホを取り出すと、一枚の画像を呼び出した。モノクロ写真だが、手前には砂浜と磯があり、その奥に雄大な富士山が描かれている。かなり写実的で、僕らが見慣れた銭湯絵よりも高級な感じがした。

「なんか、凄いですね。確かに、この絵を真似て描くうちに、色んなパターンが派生して今の銭湯絵になったたって感じがしますね」

「確かにな。瑞枝ちゃん、その写真、エアドロップしてよ。動画を編集する際に、どこかに挿入して紹介したいからさ」

「いいけど、著作権とかの問題があるかもしれないから、一般公開するときはトラブルにならないように確認してよ」

ケロが差し出したスマホに画像を送りながら瑞枝さんが口を開いた。

「この写真、絵の右下のほうに看板みたいなのがありますよね？ なんですか、それ」

「見ての通り広告よ。キカイ湯の銭湯絵が評判になって、その絵を見ることを目的に大勢の客が来るようになったんだって。で、まあ、大勢の人の目に触れるなら、広告を出すにも効果的だろうってことで、近くの店が看板を出すことにしたらしいわ。ラジオの一般放送が始まる十年以上前のことで、しかも当時は内風呂は珍しかったみたいだから、大勢が集まる銭湯は広告を出す場所としてはうってつけだったのね。ちなみに、昔は広告代理店が銭湯の壁を買い取って広告スペースとして売り捌《さば》く代わりに、銭湯絵師への代金も支払ってたんだって。それぐらい多くの店が銭湯に広告を出してたってことね」

「今はどうしてるんですか？」

「そりゃあ、銭湯側が払うに決まってるじゃない。今どき銭湯に掲げる広告を取り次ぐ代理店なんててないわよ」

ふり向くとオカミさんが立っていた。

「遅くまでお疲れ様でした。本当に素晴らしいわね。あんな薄謝で描いてもらったかと思うと、ちょっと申し訳ないわ」

慌てて瑞枝さんがかぶりを振る。

「とんでもない。長く営業を続けられている薬師湯で刷毛を握らせてもらうなんて、絵師として本当に有難い機会をいただけたと思っています。それに、今日は二人も優秀な助手をつけてくれて助かりました」

オカミさんは僕らの方に向き直り「二人ともお疲れ様」と声をかけてくれた。

「じゃあ、後片付けをやっちゃおう。足場を解体してシートを畳むような力仕事は俺と蓮でやるから、瑞枝ちゃんはペンキとか刷毛の片付けをやってよ」

「ありがとう。でも、そんな風に仕切られると、まるで蛙石君が絵師の親方で私が弟子みたいね」

「ゴメン。そんなつもりじゃあなかったんだけど」

「冗談よ、実際にペンキと刷毛の後片付けは難しいから自分でやるつもりだったし」

「洗い物は釜場の近くにある立水栓を使ってちょうだい」

バタバタと始まった後片付けで、先ほどまでの余韻は消えてしまった。

汚れ物をきれいに洗い、車に荷物を積み終わると、もう真っ暗だった。

「これ、よかったら途中で食べてちょうだい」

オカミさんが紙袋を瑞枝さんに差し出した。どうやらお弁当のようだ。夕飯を一緒にと誘ったのだが、明日は遠くで仕事があり、今晩のうちに移動するからと瑞枝さんが固辞《こじ》したのだった。

「何から何まで……、ありがとうございます」

瑞枝さんはキャップをとると深々と頭をさげ、紙袋を受け取った。

「じゃあ、これで失礼します。大丈夫だと思いますけどペンキが浮いたり、何か気になることがあったら何時でも連絡をください。すぐ直しに来ますから」

「来るのが難しかったら俺に指示してくれれば作業するよ。ビデオ通話で様子を見ながら指示してくれれば何とかなるし。ああ、そうだ、今日の様子を記録した映像だけど、編集したら連絡するから。字幕やナレーションの監修をしてもらえるかな？」

「うん、もちろん。楽しみにしてる」

瑞枝さんは紙袋を助手席に置くと、ケロに向き直った。

「ねえ、蛙石君」

ケロがちょっと姿勢を正した。

「今日は本当にありがとう。ちょっと昔に戻ったみたいで嬉しかった。あと、無茶振りしてごめんなさい。でも、君ならできると思ったから」

「うん」

「あのね、自分では気が付いてないと思うけど、君は立派に成長してるよ。だから、自信をもってやりたいことをやりたいようにやってごらんなさい。でないと、私みたいな歳になった時に後悔するわよ」

ケロは小さく頷いた。

「うん……。先生はどうなの？　本当に教師を辞めたこと後悔してない？」

瑞枝さんはじっとケロの顔を見つめた。

「うん、もちろん。だって、教師って一度なってしまうと一生辞められないのよ。ほら、実際に君だって、私のことをいまだに先生って呼んでくれるでしょう？　教え子がいる限り、その子たちに恥じるような生き方はできないと思うの。だから、毎日を一生懸命に生きて、少しでも絵が上手になるように頑張るつもり」

「……うん」

「じゃあ、またね」

瑞枝さんはケロの手をぎゅっと握った。その手をそっと放すと、僕やオカミさんに会釈をし運転席に乗り込んだ。シゲさんが門扉を開けると、車はゆっくりと薬師湯の敷地から出て行った。

遠ざかるテールライトをケロはじっと見つめていた。

＊＊＊＊

十一月四日（水）　天気：曇り時々晴れ　　　　記入：本田滋

一昨日は配管とタイルの補修をし、昨日は絵の描き直し。調べてみたら絵の描き直しを依頼するのは五年ぶり。

今回、筆ならぬ刷毛を取ってくれたのは田島瑞枝さんという方で、五年前に引き受けてくれた酒木さんのお弟子さん。元々は中学で美術を教えていた先生で、ケロは教え子だったとか。世間は意外と狭いということを思い知る。

毎度のことだが、湯船をビニールシートで養生し、足場を組むなど準備も大変そう。ケロと蓮が手伝いを買って出る。なんでもケロは描き直しの一部始終をビデオカメラで撮影し、映像作品を作ると張り切っている。とても良いこと也《なり》。

年々、廃業する銭湯が増え、営業を続けているところでも銭湯絵をやめてしまうところが多いと聞く。番台が廃れ、フロント形式が主流となったように、そのうち銭湯絵も滅多に拝めない時代になるかもしれない。そんなことを考えると、映像芸術としての出来栄えはさておき、記録として貴重なものになるような気がする。

ペンキが乾いたことを確認して湯船に湯を張る。少しばかり肌寒い洗い場に湯気が漂い、まるで銭湯絵の富士山が薄雲を纏ったように見えた。きっと常連さんを中心に、新しい絵も評判になるだろう。

冬

日が短くなるにつれて、商店街の店先には美味しそうな食べ物がならび始める。練り物の専門店は、大きな鍋いっぱいにおでんを用意し、出汁の香りを漂わせる。甘味処《かんみどころ》はたっぷりと自家製餡《あん》を使い、薄皮に仕上げた鯛焼《たいや》きを売り始める。もっとも焼きあがるそばから次々と売れてしまい、少しばかり店先で待たなければならないことの方が多い。パン屋さんの店先には蒸籠《せいろ》がだされ、たっぷりとした湯気で温められた中華まんや、蒸しパンが売られている。酒屋さんの軒下には「甘酒、生姜湯《しょうがゆ》ございます」の張り紙があり、店が用意した丸椅子に腰かけて日向ぼっこをしながら、ゆっくりと味わうお年寄りが見える。

北風に舞う落ち葉のダンスを見つめながら、ゆっくりと体を温めている人たちを眺めるのは悪くない。本当なら、僕も何か買い食いでもと思うのだが、ほどなくして薬師湯に着いてしまい、財布を開く暇もない。

「おう、お帰り。悪いが、これをオカミさんに渡してくれ。熱いから気をつけてな」

釜場の前を通りかかると、シゲさんが小さな紙袋を差し出した。口を開けて中を覗き込むと、そこにはほかほかの焼き芋があった。

「うわー、美味そう」

「今日はわりと上手に焼けたと思うよ」

風呂釜で薪を焚くついでに、芋を焼いてくれたようだ。

「シゲさんの分はあるんですか？」

「ああ、いま焼いてるところさ」

僕は「いただきます」と頭をさげて食堂へと急いだ。

ガラス戸を開けて中に入ると、石油ストーブが焚かれていて暖かかった。オカミさんは小上がりに腰をかけて電話をしていた。僕に気づくと電話相手の話に耳を傾けながら、声を出さずに「お帰り」と口を動かした。僕は食堂の椅子に鞄《かばん》を置くと、シゲさんから預かった紙袋の口を開いてオカミさんに見せた。

「うん、分かった。じゃあ、具体的な日にちが決まったら教えてちょうだい。大丈夫、何とかする。ううん、気にしないで。って言うか、薬師湯も、そういったことに対応しないとダメだろうなって思ってたところだから。うん、はい。じゃあ、また」

オカミさんは電話を切ると、改めて「お帰りなさい」と言ってくれた。

「これ、シゲさんから預かりました」

僕が開いていた口を閉じて紙袋をオカミさんに差し出した。

「まあ、嬉しい。じゃあ、おやつにしましょうか。ケロちゃんとユーちゃんが部屋にいるはずだから呼んであげて」

紙袋を抱えて台所へと消えてゆく後ろ姿を見送ると、僕はスマホを取り出して薬師湯のグループLINEで「シゲさん特製の焼き芋が到着！　食べたい人は食堂に集合」と打った。すると、仕事中のはずなのに葵ちゃんから「ずるい！　私の分も置いといてよね！」とすぐに返事があった。どうやら今日は暇なようだ。

すぐにユーちゃんから「合点承知《がってんしょうち》の助《すけ》！」と、十手《じって》を握り締めた変なキャラのスタンプが返ってきた。対してケロは気が付いた様子もない。きっと寝てるのだろう。

ドタバタと大きな音が聞こえたと思ったら、凄い勢いでユーちゃんが降りてきた。

「貴様が賊か！　おとなしく盗んだ芋を差し出せ」

僕は思わず溜め息をついた。

「今度のオーディションは時代物なの？」

「うん、時代物と言えば時代物。スチームパンクSF時代劇ってことなんだけど……。意味不明な単語とか言い回しがたくさんあって、正直言って受かる気がこれっぽっちもしない。まあ、これも経験だと思ってダメ元で受けるんだけどね」

声優にあこがれて日本にやって来たユーちゃんだが、厳しい世界のようで、なかなか大きな役をつかむには至っていない。普段は中野ブロードウェイのサブカルショップの店員として働き、稼いだお金でレッスンを受け、応募資格に制限がないオーディションは片っ端からチャレンジしている。多分、薬師湯の居候のなかで一番行動的なのはユーちゃんだ。

「あら、ケロちゃんは？」

急須や湯呑みなどを長手盆に載せたオカミさんが食堂に顔を出した。

「ＬＩＮＥに既読もつきませんね。部屋に鞄を置きに行くついでに、ちょっと様子を見てきます」

「ありがとう。でも、寝てたら起こさないであげて。最近、遅くまで何かやってるみたいだから。なんかね、ちょっと鬼気迫る感じがして。必死で何かをつかもうともがいてるみたいなのよ。だから、疲れてるのかもしれない」

「はい」

オカミさんの優しい声を聴いていると、僕まで優しい気持ちになるのは何故《なぜ》だろう。きっと、気持ちが伝染するからに違いない。優しい気持ちに囲まれれば優しい人に、厳しい気持ちに囲まれれば厳しい人に。

二階にあがると自分の部屋に鞄を放り込み、食堂へと戻る途中でケロの部屋の扉を叩いた。案の定、返事はない。

「入りますよ」

そう短く断って戸に手をかけると何時も通り鍵はかかっておらず、スッと開いた。覗き込んでみると、作り付けの机に突っ伏しているケロの背中が見えた。足音を忍ばせて中に入ると、ベッドに放りだしてあったブランケットを手にとり、ケロの背中にかけた。机の上にはパソコンやノートのほかに、何冊もの本が乱雑に積み上げてあった。僕は静かに廊下へ戻ると、そっと戸を閉じた。


「どうだった？」

オカミさんの問いに僕は小さく首を振った。

「机の前に座ったまま寝てました。とりあえず肩に毛布を掛けておきました」

「そう、ありがとう」

「どうせ、ケロは食べないと思うよ。あいつの分は私が食べてあげる」

ユーちゃんが焼き芋の皮を剝《む》きながら笑った。

「美味い！　いや〜、本当に美味しいよね。サツマイモを焼いただけで、こんなに甘いって信じられる？　いや、本当に凄すぎ！」

無邪気に大絶賛するユーちゃんに思わずこちらまで嬉しくなってくる。

「ねぇ、マレーシアにも焼き芋ってあるの？」

オカミさんが淹れてくれたほうじ茶に手を伸ばしながら僕は尋ねた。

「日系のスーパーとかに行けば売ってる。でも、あんまり普通の人は食べないかな。日本に行ったことがある人とか、日本の食べ物に興味がある人とか、ごく一部。アニメで冬になると焼き芋を食べるシーンが出てくるでしょう？　ドラえもんの静香《しずか》ちゃんとかが車で売りに来る焼き芋屋さんから買うシーンとか。だから私は昔から食べてみたくて、初めて見つけた時は嬉しかったな。食べてみたら砂糖でも振りかけてあるの？　って思うぐらい甘いし。サツマイモに似たお芋はベトナムとかで栽培していて、マレーシアにも入って来てるけど、日本のそれとはちょっと違うかな。こんなに甘くない」

「そうなんだ……」

僕は生返事をしながら焼き芋に齧り付いた。ねっとりとした食感は、まるでスイートポテトのようで、とても焼いただけの芋とは思えない。甘さも十分で、それでいてしつこさは微塵もない。

「品種改良が進んで、お芋も良くなってるでしょうしね。まあ、それとシゲさんの焼き方もいいんだろうけど」

オカミさんも笑顔で焼き芋を食べている。やはり美味しいものは笑顔を作る。

「そう言えば、さっきの電話は誰だったんですか？　薬師湯がどうとかって」

僕は食べ進めながら気になっていたことを尋ねてみた。ユーちゃんが僕とオカミさんの顔を交互に見た。

「なに、それ？」

ユーちゃんの率直な尋ね方は、まるで実の娘のようだ。

「夜の片付けが終わったら、お夜食でも食べながら、みんなには相談しようと思ってたんだけど」

オカミさんは焼き芋をお皿に戻すとお茶をひと口すすった。

「さっきの電話はよっちゃんからよ」

「よっちゃん？　ああ、美川さんですか」

僕の問いにオカミさんは黙って頷いた。

「うん。よっちゃんが庭師なのは知ってるわよね？　この辺のお寺や神社、それに大きな公園とかお屋敷の庭なんかは、よっちゃんのところが手入れをしてる。美川造園って会社なんだけど、よっちゃんのお祖父さんやお父さんのころから、うちの庭も面倒を見てもらってるの」

「お風呂あがりに時々庭にでて、様子を見てるけど、やっぱり、ちょっとしたことでも気になるんだね」

ユーちゃんの声にオカミさんはゆっくりと頷いた。

「美川造園は丁寧な仕事で有名なのよ。うちとは古い付き合いだから、ずっと面倒を見てもらえてるけど、もう手が一杯だからって新規のお客さんは断ってるらしいわ。でね、よっちゃんのお父さんにあたるんだけど、先代の社長が久しぶりに、うちのお風呂に入りたいって言ってるんだって」

オカミさんの話によると、美川造園の先代は十年ほど前によっちゃんに社長の座を譲り、悠々自適の隠居生活をしていたそうだ。しかし、七年前に長年連れ添った奥様を亡くし、さらに五年前に階段から足を滑らせて骨折したのを切っ掛けに足腰が悪くなり、以来、少し離れたところにある介護施設に入所しているという。

「随分と弱っているそうで、主治医の先生からも『長くはないだろう』って言われてるそうなの。そんなこともあって、よっちゃんが『何かしたいことはない？　良かったら旅行にでも行こうか』って誘ったんだって。そうしたら『できたら、家に帰りたい。もう一度、新井薬師に行きたい』って」

どんな相槌を打ったら良いやらと、困って隣のユーちゃんを見やった。僕の祖父母は、随分と前に亡くなっており、父や母はまだまだ元気だ。年老いた家族の問題や介護の難しさなどは、話では聞いていて頭で理解をしているつもりでも、いざ目の前にリアルな出来事として現れた時にはどうしようもない。

僕の視線に気づいたユーちゃんは、ちょっと頷くと口を開いた。

「で、よっちゃんはお父様のリクエストに応えてあげることにしたの？」

「そうみたい。来週の水曜日に迎えに行って、一晩、自宅に泊まってもらって、翌日には、また施設に送っていく予定だそうよ。でね、『できたら、薬師湯に行きたい』っておっしゃってるそうなの」

「その人もうちの常連だったんでしょう？　なら、そう思っても不思議じゃないけど」

「うん、そうなんだけど……。足が不自由で、移動は車椅子でないと無理なのよ。スーパー銭湯みたいな、比較的最近作られた入浴施設ならスロープ付きの湯船とか、手すり付きの洗い場なんかがあるんだけど、うちは、そこまでの改装ができてないでしょう？　なんとかして入ってもらえる方法を考えたいんだけど」

オカミさんは小さな溜め息を漏らした。

「とりあえず、俺や蓮が介助すればいいだけだと思うけど？」

その声にふり向くと、ケロが食堂に入ってくるところだった。

「起きて来ちゃったの？　ケロの分のお芋は私が食べてあげようと思ってたのに」

「あんなに大騒ぎされたら目が覚めるよね。二階の俺の部屋にまで『美味い！』って叫び声が聞こえてきたよ。オカミさん、俺にもお茶ちょうだい」

お盆の上には、いつ起きてきても良いようにちゃんとケロの湯呑みも用意してあった。

「はい、どうぞ。ねえ、寝てしまうのは仕方がないけど、ちゃんと温かくして寝ないと風邪をひくわよ。はい、焼き芋はビタミンも多いからしっかり食べて」

差し出された湯呑みと皿を手にすると「いただきます」と呟いて手を伸ばした。

「で、さっきの話だけど、介護用の椅子とか仮設の手すりとかをできるだけ揃えて、足りない分は俺とか蓮が介助すればいいだけさ。もちろん、よっちゃんも一緒に入るつもりだろうから。それでも不安なら美川造園の若い衆にもサポートしてもらえばなんとかなると思うけど」

ケロが僕の肩を叩き「手伝うよな？」と声をかけた。

「まあ、構いませんが……。介護の知識なんて、これっぽっちもありませんから、ちょっと心配ですけど」

「足腰が弱って、自力で立つことは難しいそうだけど、座っていられるそうだし、施設でも介助してもらってお風呂場の椅子に座らせてもらったら、自分でシャワーはするらしいから。その辺は、よっちゃんがよく分かってると思うけど」

オカミさんがケロの話を引き継いだ。

「どうしても心配なら、通常営業の少し前に来てもらったら？　そうすれば、他のお客さんにも迷惑にならないし、気を遣わなくて済むと思うんだ。知り合いに在宅介護を支援するＮＰＯを運営している人がいるから、入浴介助のやり方や、補助器具なんかをレンタルする方法を問合せてみる」

「そう？　なんだか悪いわね。でも、美川造園の先代には、鈴原も私もお世話になったから、できるだけのことはしたいの。面倒かけるけど、二人ともよろしくね」

「何を言ってるんですか、もっと気軽に相談してよ。それにしても、この焼き芋、マジで美味いな。これはユーちゃんが大騒ぎするのも無理ないかも。シゲさん、薬師湯を馘《くび》になったら焼き芋屋になればいいね」

「えっ！　やっぱり、そっちのお芋にすれば良かった。ねぇ、半分ちょうだい」

「やなこった！」

何時も通りの二人のやり取りに、僕とオカミさんは顔を見合わせて笑った。


あれこれしているうちに、一週間ほどが過ぎ、よっちゃんのお父さんである美川造園の先代さんが薬師湯に入りに来る日になった。

念のため営業時間の一時間ぐらい前に来てもらうことにしたのだが、よっちゃんや僕らが介助目的で一緒とはいえ、大きなお風呂にそれでは寂しすぎるからと、丸さんとバタやんが来てくれた。

「よう、元気そうじゃねぇか」

「丸さん、それにバタやんまで。わざわざ来てくれたのかい？」

先代さんは驚いたような表情だった。

「いやいや、どうせ薬師湯には毎日来てるんだ。気にしないでくれ」

「そうですよ。それにしても何年ぶりでしょうね、こうして三人が揃うのは。最近ではよっちゃんが我々の相手をしてくれてますけど」

丸さんとバタやんの言葉に、先代さんは嬉しそうに何度も「うん、うん」と頷いた。

「いらっしゃい。ほら、みんなも入ってちょうだい」

下足場の先には、室内用の車椅子のハンドルに手をかけたオカミさんが待っていた。

「ああ、これは、これは。今日は無理を言って申し訳ない」

先代さんは被っていたハンチングをとると頭をさげた。

「何を言ってるんですか、何十年も毎日のように通ってくれた常連さんが。それに、鈴原や私がどれだけお世話になったことか。主人が聞き付けたら、真っ先に飛んできて、一緒に湯船に浸かったでしょうに。まあ、どうせ、その辺の草葉の陰から覗いてるとは思いますけど」

「そうだと、いいな」

よっちゃんが両脇に腕を差し込むようにして抱え込み、車椅子を乗り換えさせる。家に戻ってくる前に、入所している施設で色々と教えてもらったという。

「施設職員のみんなはプロだから上手だけれど、義男もなかなかだと思うよ。造園業ってのは力仕事であると同時に、木や草花の様子に合わせて世話をすることが大事だから、その辺の加減が介護と通じるのかね」

久しぶりに薬師湯の暖簾をくぐった先代さんは、館内にしげしげと目を凝らした。

「番台じゃあなくなったんだね」

感慨深そうな声で呟いた。

「そんな久しぶりだったかな。何年前だろうね受付に改めたのは」

「三年前ですよ」

丸さんの問いにオカミさんが答える。

「確か、親父が施設に入所して数年後に番台ではなくなったと思うよ。外国からの観光客や若いお客さんに敬遠されるからと。まあ、無理もない。うちの会社の若い連中でも、知らない人に裸を見られるのは嫌だとか言って、銭湯には入らない奴もいるぐらいだから」

よっちゃんが回数券の綴《つづ》りから二枚を千切ってオカミさんに渡した。

「あの、本当に二人分の回数券でいいんですか？　こんな貸し切りみたいなことにしてもらってるのに」

「大丈夫よ。それにね、美川さん親子には悪いけど、ちょっとした実験でもあるのよ」

「実験？」

先代さん、それに丸さんとバタやんの声が重なった。

「この近くにも結構な数の介護施設があるから。美川さん親子の様子を見て、上手く行きそうだったら、通常営業前に施設入所者向けに対応するようなサービスを始めてもいいと思って。まあ、その辺の視察も兼ねて、今日は心強い助っ人が来てくれてるのよ」

オカミさんの説明に合わせるようにして、屈強な体つきながら、優しい表情の男性が男湯の暖簾から顔を出した。

「藤沢《ふじさわ》です。今日はよろしくお願いします」

藤沢さんはしゃがみ込むと、先代さんと目の高さを合わせて挨拶した。

「彼は理学療法士に看護師、それに介護福祉士の資格を持つエキスパートなんだぜ」

藤沢さんの後ろから姿を見せたケロが、なぜだか自分のことのように胸を張った。

「そんな凄い人をどうやって見つけてきたんだい？」

丸さんが何時もながらのストレートな質問をぶつけた。

「介護に詳しい知り合いに色々と教えてもらったんだけど、電話やメールだと限界があって……。で、当たって砕けろって感じで近所の介護施設に入浴介助の仕方を教えて欲しいってお願いしに行ったら、たまたまリハビリ指導に来てた藤沢さんが『私で良かったら』って引き受けてくれたんだ。その上、仮設の手すりや介助用の椅子なんかもわざわざ持って来てくれた」

「偶然のめぐり合わせなんでしょうけど、銭湯や温泉施設などが、もっと介護を必要とする人を受け入れてくれたらと思っていたんで。もちろん、座ることもままならないほど体力が衰えてしまった人は難しいと思います。けど、少しでも元気な人には入浴も立派なリハビリだと思うんです。もちろん、水があるということは溺《おぼ》れる危険性がありますし、滑《すべ》りやすいことなどにも注意しなければなりません。その辺の想定しなければならないことを確認する意味も含めて、今日は参加させてもらいました」

年齢は三十代中ほどだろうか。耳が餃子《ぎょうざ》のように潰れているから、学生時代にはきっと柔道やレスリングといった寝技のある格闘技に打ち込んだのだろう。立派な体格に、優しい丸顔で、きっと勤め先の施設や病院では人気があるに違いない。

「ありがとうございます。面倒をおかけしますが、よろしくお願いします」

よっちゃんが恐縮した様子で腰を折った。

「さあ、じゃあ、あとは男性だけでごゆっくり」

オカミさんに促されて、僕たちは男湯の暖簾をくぐった。


「あーっ、気持ちいい」

湯船の中に設置した椅子にゆっくりと腰を降ろすと、先代さんは思わず零れたといった様子で呟いた。湯船には八割程度しか湯を張っていない。両脇から藤沢さんとよっちゃんが支え、さらにケロと僕が緊急時に備えて待機してるのだが、何があるか分からないからと、湯量を少しばかり控え目にしたのだ。

「どうだい、生き返った気分だろう?」

丸さんが先代さんの顔を覗き込むようにして尋ねた。

「ああ、まさに生き返ったってやつだな」

「良い顔をしてますよ」

先代さんの返事に、バタやんがしみじみと応える。

「そうだ、写真に撮っておいたらどうだ。葬式で祭壇に飾るのに困らねぇようによ」

丸さんが何時もの調子で減らず口を叩いた。

「良いアイディアですけど、こんなにセクシーな格好では、弔問客《ちようもん》が困りますね」

珍しくバタやんの口からもふざけた言葉が飛び出した。

「あんたらもついでに撮ってもらったらいいんじゃない? 意外と俺よりも先に逝《い》っちまうかもしれないぜ」

「確かに」

年寄りが大騒ぎしている横で、よっちゃんが思わずといった様子で涙を零した。

「義男、どうした?」

「いや、なんでもない」

よっちゃんは先代さんの問い掛けに小さく首を振ると手の甲で涙を拭い、「そろそろですかね?」と藤沢さんに尋ねた。

「そうですね。気持ちいいでしょうけど、意外と入浴は疲れますから。これぐらいにしておきましょう」

先代さんは、「すみません、あと少し。もうちょっとだけ」と頭を下げると、向い側で浸かっている丸さんとバタやんに向き直った。

「今日はありがとう。先にあがるけど、二人はごゆっくり。何時になるかは分からないけど、また来るから。その時は一緒に入ってくれ」

「……ああ、待ってるよ」

「絶対、絶対ですよ」

二人に頷くと、「お待たせしました」と藤沢さんに告げた。

体を拭き、洗ったばかりのパジャマに着替え、その上にガウンを羽織った先代さんをそっと車椅子に座らせる。

「藤沢さん、それにみんな。本当にありがとう。ずっと思ってたんだ、もう一度、薬師湯の湯船に浸かりたいってね。それを叶えてくれた。ありがとう」

深々と頭を下げた先代さんを乗せて、よっちゃんは車椅子を押してフロントの前へと戻った。僕は荷物を提げて後に続く。カウンターではオカミさんが待っていた。

「いかがでしたか？」

「いい湯加減でしたよ。そう言えば富士山の絵がちょっと変わったかな。なんだか、全体的に雰囲気が柔らかくなったような気がする」

　オカミさんは黙って深く頷いた。

「すまんが庭を見せてくれないか。それと、できたらビールが飲みたいな」

　よっちゃんはポケットから小銭入れを取り出したが、オカミさんは首を振った。冷蔵庫から缶ビールを取り出すと、車椅子の前に回り「はい！」と差し出した。

「これは私からです」

「いいのかい？　わがまま放題の客にビールまでサービスして」

　先代さんは両手で缶を受け取ると、深々と頭を下げた。

　よっちゃんはゆっくりとした足取りで車椅子を庭が見える窓際へと動かした。

「この辺でいい？」

「ああ、十分だ。外の風を感じたい。少しでいいから窓を開けてくれ」

「もう寒いよ」

「大丈夫だ」

　僕は慌てて駆けより、窓を三十センチほど開けた。天気は良かったけれど、日が傾き始めていて空気は少しひんやりとした。先代さんは庭から入ってくる風の匂いをかぐように、鼻を少しばかり上に向けると深呼吸した。そして缶を開けると、ひと口ほどビールを飲んだ。「あー、たまらないね」と零すと、じっと庭を見つめた。

「丁寧な仕事がしてあるじゃないか。もしかしたら、誰かが最近手を入れたのかい？」

ちらっと後ろに立つよっちゃんを見やった。

「親父が来るって知って、うちの連中が総出で仕事に出かける前に手入れをしたんだ。もっとも、半月ほど前に冬支度を兼ねて、しっかりと面倒を見たばかりだから、大してやることはなかったはずだけどね」

「随分とみんなに気を遣わせてしまったんだな」

「そりゃあ、うちの連中にとって親父は誰よりも怖い人だからね。粗相《そそう》があっちゃあ大変だって、大騒ぎさ」

先代さんは鼻先で軽く笑うと、缶を差し出した。

「残りは飲んでいいよ。ちょっとばかり、庭を眺めてるから、あっちに行ってな」

よっちゃんは、缶を受け取ると窓を閉め、少し離れたベンチまでさがった。その様子をオカミさんと僕は静かに見守った。

その晩、みんなで掃除をしていると、遠くで救急車のサイレンが聞こえた。

「寒くなると急激な温度差で心臓麻痺《まひ》を起こす人がいるらしいよ。特にお風呂場とか脱衣所なんかが危ないんだって。だからさ、みんな内風呂になんて入らないで、銭湯に来ればいいんだよ。薬師湯の脱衣所は床暖房が入ってるし、洗い場も大勢がシャワーを使ったりして暖まってるから安心だと思う」

葵ちゃんがデッキブラシによりかかりながら口を開いた。

「でもさ、外に出たら寒いじゃん？　よっぽど近所ならいいけど、ちょっと遠かったら湯冷めしちゃう。ヒートショックにならなくても風邪をひいたら意味ないじゃん」

ユーちゃんの反論に「まあ、そうかぁ」と思案顔になった。

「最近の家やマンションは、浴室も暖房設備が整ってるし、脱衣所にもエアコンがついたりしてるからね。案外心配ないと思うけど？　そうそう、充実した設備で思い出したけど、このごろは最初から介助が必要になった時のことを考えて、低床《ていしょう》の浴槽とか、手すりの付いた洗い場とかにする人が増えてるらしいよ」

カランを磨いていたケロが、鏡越しにこちらを見ながら教えてくれた。

「やっぱり、お風呂は大切だもんね」

葵ちゃんの声にみんなが深く頷くと、フロントからオカミさんの声が響いた。

「そろそろ終わりにしない？　これからうどんを茹でるから。道具を片付けて、はやく食堂に集合しなさい」

「はーい」

四人で声を揃えて返事をした。

翌日、食堂に降りて行くと、珍しくオカミさんの姿がなかった。テーブルには一枚の走り書きされたメモがあり、その隣には近所のパン屋さんで買ってきたと思しき菓子パンや惣菜パンが何種類も載せられた大皿が置いてあった。

さらに、その脇にはお湯が一杯に詰まったポットと、僕ら一人ひとりのマグカップがあり、インスタントスープやティーバッグがならべてあった。

メモには《急用で出かけます。朝ごはん、作れなくてゴメンナサイ》とあった。

「ごめんなさいだなんて、パンを買いに行ってくれただけで十分なのにね」

何時の間に降りてきたのか、葵ちゃんは僕が手にしているメモを覗き込んで呟いた。

「うん。……でも、何だろう？　急用って」

「美川造園の先代が亡くなったんだ」

ふり向くと、朝刊を手にしたシゲさんが外から戻ってきたところだった。

「美川造園の先代って、昨日、うちに来たばかりじゃないの？」

仕事で先代さんには会えなかった葵ちゃんが首を傾げた。

「そっ、そうですよ、昨日、元気にうちのお風呂に入ったばかりじゃないですか」

自分でも声が震えていることに気が付いた。シゲさんはちらっと僕らを見やると、何時もの席に腰を下ろし、新聞を広げた。

「奥さんと一緒に寝るんだって言い張って、仏壇のある和室に布団を敷いて横になったそうなんだが。よっちゃんが夜中に様子を見に行ったら、もう亡くなってたそうだ」

僕も葵ちゃんも言葉がでなかった。

「昨日の夕飯には、家族みんなが集まって大賑わいだったそうだ。少し離れたところで暮らしてる子どもや孫たちなんかも勢ぞろいして、終始ご機嫌だったって。『少し早いけど、自分で直接渡したいから』って、孫一人ひとりにお年玉を配ったりして。あんまりにも楽しそうなんで、孫の一人が『なんで、そんなに元気なの？』って聞いたそうだ。すると『薬師湯の湯に浸かったからだろうね』って。『薬師湯のお湯は魔法のお湯だから。寿命が延びるんだ』って……」

新聞で顔が隠れているけれど、その声は小さく震えているようだった。

何か言葉を返さなければと思っているところに、オカミさんが帰ってきた。目は真っ赤で、反対に顔は真っ白だった。

シゲさんが新聞を畳み「どうでしたか」と声をかけた。オカミさんは返事もせず、大きな溜め息をつくと、自分の席に腰を下ろした。じっと黙り込み、小さく首を振ると、自分のマグカップに紅茶のティーバッグを入れポットの湯を注いだ。ぼんやりと茶葉が開く様子を眺めながらポツリと呟いた。

「なんかね……、笑ってるみたいだった」

「笑ってる？」

思わずといった様子で葵ちゃんが聞き返した。

「うん……。よっちゃんもそうだけど、美川さんは目が細いから、笑うと線みたいになっちゃうの。顔を拝ませてもらったけど、安らかな顔でね。笑ってるみたいだったわ」

そう呟くと、ティーバッグをお皿にあげ、ミルクと砂糖をたっぷりと落とし、スプーンでかき混ぜた。

「昨日はあんなに元気だったのに、なんで急に逝っちゃったのかしら。これから、時々、うちのお風呂に入ってもらおうと思ってたのに。なんで……」

スプーンから手を放すと、オカミさんは大皿からあんぱんを手に取り、半分に割ると大きな口で齧り付いた。

「なんでよ、なんで……」

双眸からは止めどなく涙があふれ、見ている僕まで辛くなってきた。葵ちゃんは隣の席に座ると、オカミさんの背中をゆっくりと擦った。

それからしばらく、オカミさんは涙を零しながらあんぱんと焼きそばパンを食べ、ミルクと砂糖がたっぷり入った紅茶を飲み干した。

「……ああ、せっかくダイエットしてたのに」

少しばかり落ち着いたのか、オカミさんは小さく笑った。そして背中を擦り続けていた葵ちゃんに向き直り「ありがとう」と礼を言い、続けて「もう大丈夫」と頷いた。

「ねえ、美川造園の先代さんって、どんな人だったの？」

葵ちゃんの問いに、オカミさんは少しばかり迷ったような顔をしたが、溜め息をひとつつくと深々と頷いてから口を開いた。

「鈴原と私が一緒になるのを後押ししてくれた人なのよ」

僕たちの顔をゆっくりと見回すと、オカミさんは話を始めた。

「私、孤児だったの。どこで産み落とされたのか分からないけれど、へその緒が付いた状態で病院の入口に置いていかれたんですって。幸い、すぐに病院の看護師さんが見つけてくれて大丈夫だったけど、雪の降る寒い日だったそうで、そのまま放置されていたら低体温症で死んでたかもしれないって。だからね、私は運が強いって自分で思い込んでるの。で、まあ、それから中学を卒業するまではずっと施設暮らし。だから、私には親兄弟はおろか親戚さえ一人もいないの」

僕は葵ちゃんとシゲさんを見やった。二人とも、じっとテーブルを眺めていた。

「中学を卒業すると、学校の先生の薦めもあって新宿の百貨店に就職したんだけど、寮がこの近所にあったのよ。でね、薬師様の縁日で鈴原と出会ったの。もう随分と前のことだけど」

「縁日って、そんな昔からあったんだ」

葵ちゃんの問いにシゲさんが口を開いた。

「俺が薬師湯に入ったばかりのころにお客さんから聞いた話だと、明治のころにはやってたって。でもって、そのころから『いつからはじまったんだろうね』って言ってたらしいから、相当昔からやってたんだと思うけどね」

葵ちゃんは小さく頷くと、テーブルの上に置かれていたオカミさんの手を握り「ごめん、話の腰を折っちゃった。続きをお願い」と頼んだ。

「うん。中学生のころまではお祭りがあっても、お金がなかったから、いつも屋台で売っているものを恨めしく見てただけだったけど……。薬師様の縁日には、お給料を持って行ったから、私うれしくてね。大はしゃぎして。あんず飴にソースせんべい、たこ焼きに焼きそばって感じで、次から次へと手を出しちゃった。そんな私が余程に珍しかったのね、鈴原に声をかけられたの。『そんなにお腹がすいてるのかい？』って。アロハシャツを着てサングラスをかけた、見るからに怪しい人だったんだけど、不思議と怖いとは思わなかった」

シゲさんが小さく頷いた。

「優しい方でしたから、大将は」

「まだ、そのころは大将じゃなくて、若旦那って呼ばれてたわ。絵に描いたような遊び人だったけど、不思議と老若男女問わず好かれる人だったの。薬師湯の実質的な舵取《かじと》りは番頭さんに任せてたみたいだけど、まだ、おかみさんが健在で。おかみさんも苦労した人みたいだったけど、それだけに鈴原には良い家柄の人と結婚してもらいたかったんでしょうね。そんな訳で、あちこちのお嬢さんとのお見合いを頻繁に勧めてたらしいの。けれど、親の気も知らない鈴原は私と結婚するって勝手に宣言しちゃったのよ。もう、おかみさんはカンカン、『あんたなんか勘当だ!』って。でね、その話を聞き付けた、美川造園の先代さんが、間に入ってくれた訳」

オカミさんが他の人のことを『おかみさん』と呼ぶのはちょっと可笑しかったけれど、黙っておいた。

「でね、先代さんは私をどんな人間か確かめてみようって、休みの日に背広を着て、新宿の百貨店に来てくれたの。

そのころの私はネクタイ売り場にいたけれど、まだ見習中で接客なんてしたことがなかった。そんな私に『ネクタイを選んでもらえないか』って。もうビックリしちゃって。だって、周りには綺麗な店員さんとか、ベテランの男性販売員さんがいっぱいいるのに、私に選べだなんて……。一生懸命に考えて、濃い灰色に銀色の小さなドット柄のネクタイを選んだの。そしたら先代さんが質問をする訳、『なんで、このネクタイがいいと思うんだい?』って。私、頭が真っ白になりかけてたけど『今日は紺色の背広をお召しですけど、これなら灰色でも、茶色でも合うと思います。値段は中ぐらいですが、国産品で丁寧な造りですから、長くお使いいただけると思います』ってお答えしたの。すると、ニッコリと笑って『そうかい、先々まで見通して選んでくれた訳だ。ありがとうよ』って買ってくれた。それからしばらくすると、おかみさんから許しがでて、鈴原と所帯を持つことができたのよ」

「美川造園の先代さん、どうやって説得したんだろう？」

首を傾げる葵ちゃんにオカミさんが頷いた。

「随分と後になって鈴原から教えてもらったんだけど、家柄にこだわるおかみさんに『私の知り合いに掛け合って養女にしてもらいます。そうすれば家柄は整います。なに昔はよくあったことです。釣り合わない家柄の相手に嫁ぐ際に、形だけ養女にしてもらうなんてことは。誰がよござんすか？　代議士でも大学の先生でも、大きな病院のお医者様でも、何でもおっしゃってください。私がなんとでもしますから』って。今はほとんどなくなってしまったけれど、新井から上高田《かみたかだ》、松《まつ》が丘《おか》のあたりには大きな屋敷がいくつもあって、その庭のほとんどは美川造園が手がけていたから、懇意にしている人に頼むつもりだったのかもしれない。まあ、そこまで言うならばと、おかみさんが折れてくれたそうよ。それに『そんな偉い人の養女にされてしまったら、銭湯のせがれは誰の養子にすればいいんだい？　意固地になって悪かったわ。もう、養女の話は忘れてちょうだい』って。先代さんと鈴原とは、干支《えと》が一緒のひと回り違いで、昔から鈴原は『美川の兄貴』って実の兄みたいに慕ってたから、先代さんにしてみれば可愛かったんでしょうね。それに、仕事柄、あちこちに出入りして人の評判を耳にすることが多かったみたいで、鈴原が遊び人のようでいて多くの人に愛されて、表裏なくやってることをご存じだったのね。その鈴原が選んだのなら、どんな娘でも間違いないだろうって」

黙って聞いていたシゲさんが大きな溜め息を零した。きっと大将の若いころの話に、色々と思うところがあるのだろう。

「北野神社で祝言をあげて、披露宴は薬師様の近くにあった料亭で立派にしてもらって……。その時に私の両親代わりを先代さん夫婦が務めてくれたの。薬師湯に入ってからも、何かというと実の娘のように可愛がってくれて……。先代さん夫婦がいなかったら、薬師湯には嫁げていなかっただろうし、鈴原が亡くなって途方に暮れていたときも、励ましてくれた。大してご恩返しもできていないのに」

そこまで話すと、オカミさんはまたしばらく静かに涙を流した。何時も明るいオカミさんが、とても小さく見えた。

お通夜と告別式は、薬師様こと新井山梅照院で行なわれた。僕もお通夜に行ったけれど、それはそれは大勢の会葬者で、先代さんのお人柄を偲《しの》ぶに十分だった。告別式には現役の国土交通大臣を含む国会議員や都議会議員、それに植物学や土木工学などで有名な大学の先生など、大勢の偉い人たちが訪れ、薬師様の周辺は規制線が張られるなど、ちょっとした騒ぎになったそうだ。

告別式から戻ってきたオカミさんに、僕は小さく「お疲れ様でした」と声をかけた。

「ありがとう。なんだか、随分とみんなには心配をかけて。それに、ここ数日はお店の仕事も放りっぱなしだし、食事もまともに作れなかったから、お詫びに今晩は豪華にするわよ。ねぇ、蓮君は何が食べたい？　何でも好きなものを言ってちょうだい」

オカミさんはちょっと無理をして声を張っているようなところがあるけれど、空元気でも出さないと、やっていられないのかもしれない。

「うーん、そうですね。何でもいいですよ、オカミさんの料理はどれも好きです」

「あー、それはダメよ。自分では思いつかないから言ってるんじゃない？」

「じゃあ、茶碗蒸しかな」

「茶碗蒸し？　あんなので良いの。ハンバーグとか生姜焼きとかじゃなくて？」

オカミさんは可笑しそうにお腹を抱えて笑い出した。

「え？　だって、オカミさんの茶碗蒸し、本当に美味しいじゃないですか」

「はいはい、ありがとう。じゃあ、サイドディッシュとして茶碗蒸しは出すけど、主役となるおかずは何にしようかしら」

オカミさんは喪服のまま台所の暖簾をくぐった。冷蔵庫や戸棚を開け閉めする音が響き、それに重なるようにして少しばかり洟をすする音が聞こえてきた。

＊　＊　＊　＊

十二月十一日（金）　天気：晴れ　　記入：手塚蓮

よっちゃんのお父様にあたる美川造園の先代さんの告別式が薬師様で行なわれた。昨日のお通夜には僕も参列したけれど焼香の列はかなりの長さだった。今日の告別式も大勢の会葬者で喪主を務めなければならないよっちゃんは大変そう。先代さんは大恩人だったとかでオカミさんの落ち込みは相当。ちょっと心配だけど、お葬式で一区切りついてくれると良いなと思う。

空元気だとは思うけど、「最近ちゃんと作れてなかったから奮発する」と夕飯には僕がリクエストした茶碗蒸しに加えて、シゲさん希望のお刺身に、ユーちゃんが大好きな鶏もも肉の照り焼き、葵ちゃんが目のないポテトサラダと超豪華版。

出かけていて遅くに帰ってきたケロが「えっ！　知ってたら筑前煮を注文したのに」と零すと「じゃあ、明日の夕飯は筑前煮にしましょう」とオカミさん。

ほんの少しだけどオカミさんに笑顔がもどって安心した。

「まあ、こんな感じでいいだろう」

シゲさんが軍手を外しながら頷いた。

「いや、本当にできましたね。まさか自分でこんな絵に描いたような門松《かどまつ》を作れるとは思いませんでした。ちょっと感動しちゃった。記念に写真撮ろう」

スマホを取り出して、薬師湯の入口に設えた一対の門松を撮影する。

「貸してみな、一緒に撮ってやるよ」

シゲさんにスマホを渡すと、僕は右側の門松を抱えるようにしてポーズを取った。

「無邪気なもんだな」

シゲさんは苦笑を漏らしながらシャッターを切った。

「それにしても、意外と簡単でした。もっと専門の門松製作業者さんみたいなところに頼むものだとばかり思ってました」

僕は散らばった藁《わら》や松の枝などを箒《ほうき》で集めながらできあがったばかりのものを、あらためてしげしげと眺めた。

「だろ？　縄の綯《な》い方や正しい結び方をいくつか覚えておけば誰でも作ることができる。

もっとも、こんなデカいのを飾れるような門なんて、最近は滅多にないから、なかなか腕前を披露する機会に恵まれることはないかもしれないけどな」

シゲさんはノコギリや剪定《せんてい》バサミを道具箱に仕舞いながら、空を見上げた。

「しかし、なんだな。一年なんてあっと言う間だ」

「ですね。今日は二十八日、あと四日で今年も終わっちゃいます。本当に早い……。あっ、けど門松をこんなに早くから用意しなくてもいいんじゃないですか？　ついこの前までクリスマスリースを飾ってたぐらいなんだから」

僕が集めたゴミを塵取《ちりと》りで受けながらシゲさんは首を振った。

「あのな、門松をはじめとする正月飾りは二十八日までに設える決まりなんだよ。二十九日は二重に苦しむって忌《い》み言葉につながるし、大晦日《おおみそか》に用意するのは一夜飾りっていって縁起が悪いんだ」

「じゃあ、三十日でいいんじゃないです？」

「どうしても二十八日までに用意できなかったら三十日でも仕方がない。けど、三十日は旧暦の大晦日に当たるって人もいてな、できれば避けた方がいいのさ」

「ふーん、難しいんですね」

シゲさんは小さく笑うと首を振った。

「俺も偉そうに講釈を垂れたけど、何十年も前に同じようにして大将に教えてもらったんだ。だから単なる受け売りで、深いことは知らない。気になるなら図書館にでも行って自分で調べな」

「まあ、そこまでする気にはなりませんけどね」

シゲさんは空をぼんやり眺めながら頷いた。

「昔、大将に聞いたんだよ、『なんで、そんなに年中行事にこだわるんですか？』って。そうしたらさ、『お客さんに楽しんでもらいたいからさ。だから端午《たんご》の節句には菖蒲湯《しょうぶゆ》にするし、冬至《とうじ》には柚子《ゆず》湯を用意する。なんだかんだ言って、銭湯ってのは体を洗い清めるだけじゃなくて、疲れを癒す場所だから。季節を感じてもらうことも大切なんだ』って。だから三月三日に合わせてフロント横には雛人形《ひなにんぎょう》を出すし、正月にはこうやって立派な門松を用意するのさ」

僕はシゲさんと並んで空を眺めた。真っ青な空に、すーっと飛行機雲が描かれたところだった。

「きれいだな」

ぽつりと呟いたシゲさんに、僕は黙って頷いた。

「えっ、今年は全員いるの？」

その晩、閉店後の掃除を終えて、みんなで夜食のカレーうどんを食べていると、葵ちゃんが素《す》っ頓狂《とんきよう》な声をあげた。

「あーっ、確かに珍しいかも。全員いるってのは」

最近、ホストクラブを辞めたケロが頷いた。近頃は美術関係の仕事が増えてきて、いくつかの劇団やバンドから舞台やステージのデザインのオファーがあり、さらには映像編集の仕事なども舞い込んで、とても忙しそうだ。「面倒くさいから」と無造作に伸ばした髪や髭とあいまって、ますますアーティストっぽい風貌になった。

「そうねぇ、去年は仁君が里帰りしてたし、ケロちゃんも泊まり込みで仕事にでちゃってたから」

オカミさんがお茶を淹れながら話を引き継いだ。

「ホストクラブにとって年越しカウントダウンは一大イベントだからね。お客さんも大勢くるし、チップを弾んでくれる人も多いから。まあ、稼ぎ時って訳さ」

「へぇ」

僕は相変わらず間の抜けた返事をすると「ユーちゃんや葵ちゃんは薬師湯にいたの？」と素朴な質問を口にした。

「サブカルショップは不定休の店が多いけど、私が勤めてる店は年末年始も通常営業。特にお正月はお年玉をもらった子どもや、ボーナスを握り締めて遠くから来るお客さんが多くて、とてもじゃないけどマレーシアに里帰りなんてできないよ」

ユーちゃんは唇を尖らせた。

「美容室も年末はお正月に向けてお客さんが増えるかな。それに晴れ着で初詣《はつもうで》をしたいってお客さんも多いから、三が日までは営業するの。で四日から六日まで三日間お休みをもらうと、あとは通常営業に戻るかな。昔は一月十五日が祝日で、必ず成人式の着付けとセットで入ってたけど、最近は第二月曜日ってことで、店休日とも重ならないし、昔ほど着物にこだわらないお客さんも増えて、そんなに忙しくないみたい」

葵ちゃんはオカミさんを手伝って丼を片付けながら教えてくれた。

「まあ、うちも昔から大晦日から三が日までは休みなしだ。なんせ、『大晦日に大きな湯船に浸かって一年の疲れを癒したい』とか、『お正月ぐらい銭湯でのんびりしたい』ってお客さんは意外と多いから」

シゲさんが深く頷く。

「そんな訳で、みんながいてくれるのは本当にありがたいわ。面倒をかけるけど、よろしくね」

みかんを盛った籠をテーブルの真ん中に置きながらオカミさんが頭を下げた。

「よしてよ、もう！ 私は薬師湯で過ごすお正月が大好き。オカミさんの美味しいお雑《ぞう》煮《に》が食べられるし、お節料理も楽しみ！ あっ、栗《くり》きんとん、たっぷり作ってね。それと、百合根《ゆりね》とくわいも」

食いしん坊のユーちゃんが、みかんに手を伸ばしながらリクエストする。オカミさんは「はいはい」と嬉しそうに頷いた。

「しかし、餅をつかなくなったのは、ちょっと寂しいかな」

シゲさんがポツリと言った。

「そう、ねぇ。けど、前みたいに、ついたお餅をもらってくれる御近所さんが減ってしまったから……」

薬師湯の周りは大きなマンションや新しく建て直されたアパート、建売《たてうり》の戸建てが増えており、古くからの住人は薬師あいロードで商売をしている人たちぐらいだ。

「まあ、それも時代の流れだから仕方がない」

シゲさんの言葉にみんなが黙り込んだ。そう、どんなに良い暮らしだと思っても、それが何時までも続くとは限らないのだ。


翌日は営業前にフロントや下足場、脱衣所などの高いところを大掃除し、三十日には住居棟の大掃除をみんなでやった。普段からオカミさんが小まめに掃除をしてくれていることもあって、ひどい汚れはないけれど、それでも固く絞った雑巾で拭き掃除をすると、清々《すがすが》しい空気が部屋中に満ちた。

「やっぱり高いところなんかは私じゃあ手が届かないから。ケロちゃんや蓮君に手伝ってもらえると助かるわ」

オカミさんの誉め言葉に気をよくして、隅々まで拭き清めてしまった。窓や照明の笠《かさ》、額にはめたガラスなども丁寧に専用のクリーナーで磨くと見違えるように輝いて、室内が少しばかり明るくなったような気がした。

午後はお節料理などの材料の買い出しに行くオカミさんに、荷物持ちとしてついて行った。オカミさんが手にしたメモには、優に五十を超える品名が書き連ねてあり、商店街の端から端まで歩いて買いそろえるのに、二時間ぐらいかかった。

重たいものはショッピングカートに積み、軽いものは大きなエコバッグに放り込み、魚や肉などは保冷剤を入れたクーラーバッグに仕舞った。

「それにしても、すごい量ですね……。去年まではどうしてたんですか？」

「うん？　ああ、そうね、手が空いてればシゲさんに手伝ってもらったり、一昨年はケロちゃんが引き受けてくれたかな。どうしても誰も捕まらない時は、何回かに分けて買いに行けばいいだけよ。うちなんて近所に商店街があって、大概のものが揃うから楽な方。お店が近くになくて買い物難民って呼ばれている人たちが居るって言うじゃない？それに比べたら幸せよ」

一旦、薬師湯に戻ると、買った品物を冷蔵庫や台所に仕舞い、今度はブロードウェイの地下にあるスーパーに足りないものを買いに行く。

「大変ですね……」

「そう？　私はお正月が近づくとウキウキしてきちゃう。まるで子どもみたいだって、鈴原には呆れられてたけど。お節料理を作って、お雑煮の準備をして……。あと何回迎えることができるか分からないけど、何回目でも嬉しいわ」

　その朗らかな横顔を見て、僕は来年もオカミさんと一緒に買い物に来ようと思った。


　大晦日も何時も通りの時間に暖簾を掲げ、お客さんを迎え入れた。慌ただしい時が流れ、営業が終わると掃除が始まった。

「なんか、ここんところ毎年白組が勝ってない？　釈然としない。私の採点だと、どんなに贔屓目に見ても紅組の勝ちなんだけどなぁ」

　洗い場の鏡を仕上げ拭きしながら、ユーちゃんがブーブーと文句を言う。Ｊポップやアイドルグループはもちろん、歌謡曲や演歌にもくわしいこともあって「紅白だけは外せん！」と宣言し、フロントに座りながらもスマホでずっとチェックしていた。

「どっちが勝ったかなんて誰も気にしてないと思うけどね。勝ち負けつけるのを止めたらどうかって話もあるらしいし……。まあ、俺の目から見たら、どう見ても白組の勝ちだったと思うけどね」

　したり顔でケロが応えると「えーーっ、マジ？　どこを見たらそんな評価になる訳」

とユーちゃんの声が裏返る。

「うーん、勝負をつけないとなると『歌合戦』って名前も変えないとダメね。それに……、ＬＧＢＴＱＩＡ＋の時代に白と紅に分ける意味が分からないよね」

開け放したガラス戸越しに脱衣所でモップ掛けをしていた葵ちゃんが口を挟む。

「あー、それな。でも、そうしたら大半のスポーツは大混乱に陥ると思うけど。やっぱり男性と女性とでは骨格から筋肉まで、色々と違いがあるからね。公平を期すためにも、生物学的な男女の区別は避けられないと思うけどな」

全開にしておいた天井近くの窓を、長い操作棒で半開程度にまで閉じながらケロが苦笑して首を振る。

「それを言い出したら、一人ひとりの体格差だってあるんだから。どの競技もボクシングや柔道みたいに体重別にしなきゃあダメって話になっちゃう。男子百メートル・六十キロ級って感じに。そんな細かくクラス分けしだしたら、金メダリストだらけになっちゃうじゃん」

ユーちゃんが唇を尖らせる。けど、彼女が言ってることは一理ある。

「あー、もう。あれもこれも、一遍に解決するなんて無理だよ。ひとつずつ、みんなで話し合って決めていくしかないよ。ねぇ、蓮はどう思う？」

どう思う？　と葵ちゃんに聞かれても困るだけだ。無茶振りはやめて欲しい。

「……うーん、どうなんだろう。けど、そんな議論をあんまりしちゃうと、男湯、女湯って分け方もどうなの？　って話になっちゃわないかな」

「うーん、確かに」

脱衣所に集まった僕ら四人は互いに顔を見合わせて黙り込んだ。

「ほら、片付いたんなら、さっさと食堂に集合。年越し蕎麦を茹でるわよ」

オカミさんが顔を出して僕らに声をかけた。

「あれ？　どうしたの、みんな神妙な顔をして。何かあった？」

「薬師湯存亡の危機が迫ってるって話をみんなでしてたところです」

ケロが真面目な顔をして答える。

「なんでもないよ。さっ、お蕎麦、お蕎麦、お蕎麦を茹でてよ、オカミさーん」

ユーちゃんがケロに「もう、大袈裟なんだから！」と言い捨てて、オカミさんと腕を組んで出て行った。

「大袈裟？　でも公衆トイレも男女別ってのが問題になってたりするんだぜ」

ケロが不服そうに首を振った。

「だよね。そんな流れもあって、最近は小学校や中学校のトイレは男子、女子って分けないで、全部個室にしてるって聞いたことがある。それに制服も。そうそう、中野区立の中学校は何年か前に女子もスラックスを選べるジェンダーレス制服を導入したってお客さんが教えてくれた」

葵ちゃんがケロの背中に語りかける。ケロはちらっとふり返ると大きく首を振った。

「まあ、一歩前進なんだろうけど……。『女子はスカートかスラックスのどちらかを選ぶことができる』ってことだろ？　世の中の大半のジェンダーレス制服って。それじゃあダメだと思うけどね。だってスカートを穿《は》きたいっていう男の子の気持ちはどうなるの？　だいたい制服って制度がいまだにあること自体が問題なんだよ。そもそも小学校までは私服なんだから、中学だろうが高校だろうが私服でいいと思うけどな」

ケロは「なっ？　そう思うだろ」と僕に肩を回した。

「……難しすぎて分かりません。けど、僕は制服が好きでした。毎日、着るもので悩まないで済むじゃないですか？　それに中学と高校の六年間だけですよ？　制服着れるの。特に最近は減ってしまいましたけど、詰襟《つめえり》やセーラー服は制服でなければ着る機会がありません」

食堂の戸を開けながら僕はやっと意見を言った。ケロは小さく溜め息をつきながら顎先でユーちゃんを指した。

「あいつは大人になっても普通に詰襟だのセーラー服だのを着て喜んでるけどね」

不意に話を振られて何のことだか分からないといった顔でユーちゃんが首を傾げた。

「さっきの話の続きをしてたのよ。紅白歌合戦から転び転げてジェンダーレス制服に発展し、さらには詰襟やセーラー服は学生時代にしか着れないから、制服を止めちゃうのはもったいないっていう話になってる訳」

　葵ちゃんがユーちゃんの隣に座りながら事情を説明した。

「確かになぁ、海上自衛隊にでも入らない限り大人で詰襟やセーラー服を着るなんてのはないいな」

　釜場を片付け終えたシゲさんが、今日は珍しく湯呑みに日本酒を冷やのまま注いで口を付けた。「今日の夜食は蕎麦だろ？　なら日本酒だと思ってさ」と笑った。

「で、レイヤーの私が引き合いに出されたって訳かぁ。あっ、遠回しに馬鹿にしてるでしょ？　ケロ！」

　ユーちゃんはコスプレが趣味で、働いているサブカルショップにもしょっちゅう手作りした衣装で出勤している。お客さん向けのサービスという側面もあるのだが、本人も楽しんでいる。

「はいはい、ほら議論はおしまい！　お蕎麦できたわよ」

　オカミさんが長手盆を抱えて台所から出てきた。手渡された丼からは鰹《かつお》だしと柚子の香りがした。

「もう、年はとっくに越しちゃったから、正しくは新年蕎麦なんでしょうけど……。みんな、一年間お疲れ様でした。本当にありがとう。来年、いや今年も、よろしくね」

オカミさんは姿勢を正して頭を下げた。

「何を言ってるんです。こちらこそ、ありがとうございました」

シゲさんがそう言うと、僕らも声を揃えて「ありがとうございました」と唱和した。

「さっ、いただきましょう」

オカミさんのその声を待ってましたとばかりに、ユーちゃんが箸を付ける。

「うーーー、うっ、美味い」

「どんなキャラなんだよ？　けど、美味いね」

ケロが突っ込む。鰹だしに醤油の味がしっかり乗っていて、さらに白ネギと柚子が香りに奥行きを作りだしている。麺はのど越しが良く、蕎麦粉の香りが鼻に抜ける。気が付けば皆が黙りこんで蕎麦を手繰っている。

実は年越し蕎麦を食べたのは今日が初めてだ。僕の地元には、そのような習慣はなく、大晦日の夕食後は、せいぜい煎餅《せんべい》やみかんを口にするぐらいで、蕎麦などの麺類を食べたことはなかった。けれど、こうやって蕎麦を一緒に食べながら一年をふり返り、労い合うのもいいなと思った。

「ねぇ、今年も薬師様のおみくじ引くよね？」

葵ちゃんが声を張ると、先頭を歩いていたユーちゃんがふり返った。

「あったり前じゃん！　今年こそリベンジする」

「あのねぇ、宝くじでもあるまいに。リベンジってのはないんじゃない？」

ケロが呆れた声を出す。

「いいや、今年こそ大吉をぜったいに引く、引いて見せる」

ユーちゃんが断言しながら、よく分からないポーズをとった。

「去年は二回も引き直したのに、結局ぜーんぶ凶だったもんね」

葵ちゃんが笑う。

「違う違う！　三回引いて、三回とも大凶だったの」

「三回も引いて、それが全部大凶ってのは、それはそれで引きが強いと思うけどね。ある意味で強運なんだよ」

ケロがフォローになってないフォローをする。

年越し蕎麦を食べ終えると、後片付けも早々に初詣《はつもうで》に行こうとユーちゃんが言い出した。オカミさんとシゲさんは「若い人たちだけでどうぞ」と送り出してくれた。

まず氏神様である北野神社に参拝し、歩道橋を渡って中野通りを横断する。新井薬師公園の脇を通って山門側に回り込むと、大勢の人で賑わっていて、ゆっくりとしか前に進むことはできなかった。

「こんなに混み合うものなの？」

「うーん、その年によるかな。だいたい私たちが参拝する時間もまちまちだし。去年は元日の昼過ぎに来たんだよ」

葵ちゃんは周りを見渡しながら教えてくれた。

薬師様は『眼病平癒』で有名で、平仮名の「め」と鏡文字とを横に並べて書いた『め絵馬』を奉納する仕来りがある。また、真言宗豊山派《しんごんしゆうぶざんは》として真言密教に伝わる護摩《ごま》祈願法要や厄除《やくよ》けなども行なっており、古くから武蔵野一帯の人々からは広く崇拝を集めている。

先ほどから鐘の音が聞こえている。除夜の鐘は、多くの寺では煩悩《ぼんのう》の数と同じ百八つ撞《つ》くとされている。薬師様では三十一日の午後十一時四十五分から希望する参拝者に撞いてもらう習わしとなっている。ちなみに、百八名までは千円を、百九名以降は五百円をお布施として支払うことになっているそうだ。

お布施を払ってまで撞きたいと思う人は意外と多いようで、参拝の列とは別に、鐘楼《しようろう》堂《どう》の周りには順番を待つ人の列ができている。

「あっ、お好み焼きがある。焼きそばも。うーん、ソースせんべいも食べないとなぁ」

山門脇や境内には屋台が多数ならび、参拝を終えた人たちがにこやかな表情で、それらを楽しそうに眺めている。

「あのね、お蕎麦を食べたばかりだよね？　それに買い物をするにしても、お参りが済んでからだよ。そんなんだから大凶ばっかり引くんだぜ」

　屋台にへばりつきそうなユーちゃんの腕をケロが引っ張る。

「あらためて言うのもなんだけど、あの二人、仲がいいよね。まさかと思うけど、付き合ったりしてないの？」

　僕は葵ちゃんの耳元でそっと囁いた。

「どうなんだろうなぁ。付き合ってるってことは多分ないと思う。お互いに憎からず、ではあると思うけど。ユーちゃんはケロのアーティストとしての才能を前々から買ってたし、ケロはケロで、端役とはいえ声優として地道に活動を続けていることを評価してた。まあ、互いに認め合う間柄って感じかな。付き合っちゃうと不幸になるのかもよ。性別を超えた親友って感じかもね」

「……ふーん」

　やっと僕らの列が本堂にたどり着き、お賽銭を入れて手を合わせた。去年までなら「希望する大学に合格しますように！」と願い事に迷うことはなかったが、今年は何も思い浮かばなかった。ただ「薬師湯のみんなと楽しく過ごせますように」と願った。

　慌ただしくお参りをすませると、ユーちゃんに引っ張られるようにしておみくじの列に並んだ。

「えーっと、とりあえずケロから引いてよ」

あんなに威勢が良かったのに、ユーちゃんはケロの背中を押した。

「えーっ、俺、引くつもりなかったんだけど」

ケロは「やれやれ」といった感じで料金箱に小銭を落とすと、おみくじが詰まった箱から一つ引いた。

「ほら、葵と蓮も引いて」

今度は僕と葵ちゃんが袖を引っ張られた。

「もう、珍しく意気地がないこと」

葵ちゃんもさっと引いた。仕方がないので僕も引いてみた。

「えーっと、じゃあ、私ね」

ユーちゃんは何度も、引きかけては戻し、引きかけては戻しを三回ぐらいくり返して、やっとのことで一つを選んだ。

「ほら、邪魔になるから、こっちこっち」

ケロの先導で端の方に移動する。

「まだ、まだ誰も開けちゃダメだよ。順番に、順番に開けよう」

封を切りかけた僕らをユーちゃんが止める。

「なんだよ、もう開けちゃったよ」

無視するようにケロが自分のくじを広げる。

「おーっ、大吉!」

「えっ、嘘! なんで?」

ユーちゃんが羨ましそうな声をあげる。さっきまで興味がなさそうだったケロが食い入るように書かれている内容を読んでいる。

「……うーん、そうかぁ」

「何が、そうかぁなの?」

葵ちゃんが尋ねると、ケロは小さく首を傾げた。

「いや、別になんでもない。気にしないでいいよ。ほら、引いた順でいいから、次は葵が開けてみな」

葵ちゃんは小さく頷くと封を切った。

「わー、私も大吉! なんか今年のヒット率すごくない?」

「えーーーっ、まじぃー。もうダメだ。私はきっと今年も大凶だ」

ユーちゃんの口がへの字になった。

「何を言ってるのよ。でも、私、大吉なんかを引き当てたの初めてかも。うーん、引いて良かった」

「大吉とか大凶とかってのに気を取られるのも分かるけど、それよりも解説みたいなのが書いてあるだろ? あれが大事なんだぜ。大吉だからって手放しに何をしても上手く行くって訳じゃないんだから。そこに書いてあることをちゃんと読まないと」

珍しくケロが真面目な顔で言った。続けて「ほら、蓮。次はお前」と促した。気軽に引いたつもりだったけど、ちょっと緊張してきた。ちなみに受験生の間はおみくじみたいなものは一切引かないことにしていた。もしも凶や大凶なんてものを引いちゃったら、僕は気になって仕方がない。

封を切り、意を決してパッと広げると、そこには『大吉』と書いてあった。

「えっ、えっ、えーー」

僕はみんなにおみくじを見せた。

「大吉三連発って、すごいかも」

葵ちゃんが裏返った声をあげると、ユーちゃんが半べそ顔になった。

「もう、やだ……。ねえ、葵、これ開けてくれない？」

ユーちゃんがおみくじを差し出そうとすると、それをケロが片手で遮った。

「そういうの、ユーちゃんらしくない。自分の運命は自分で切り拓《ひら》くものだろ？」

ユーちゃんはがっくりとうなだれると、渋々といった手つきで封を切った。

「！　えっ？」

絶句するユーちゃんの手から葵ちゃんがおみくじを奪い取る。

「大吉じゃん！　四人とも大吉って凄すぎ」

「うーん、逆に心配になるなぁ、みんな大吉って……。マジか？　それとも薬師様の方針転換で、大吉しか用意しなくなったとか？」

ケロが声をあげる。

「……やった、やった、わーい。大吉を引き当てた！」

大騒ぎでユーちゃんが葵ちゃんに抱き着いた。

「コラ、ちょっと騒ぎすぎ。浮かれてると新年早々怪我するぞ」

ケロがそう言って二人の肩に手を置いた。

「ねえ、薬師湯に帰ったら読んでよ？　大体の意味は分かると思うけど、ちょっと古めかしい言い回しがあったりするでしょ？」

ユーちゃんはケロの腕をとって歩き出した。

「去年はベソをかきながら梅の枝に結わえて帰ったっけね」

葵ちゃんが二人の後を追いかけた。

「これはね、お守りとして大事にとっておくの。そうだなぁ、お財布にでも仕舞って、いつも持ち歩こうかな」

盛り上がる三人を見つめていると、なんだか僕も嬉しくなってきた。

「ほら、蓮も、はやく！」

振り向いた葵ちゃんが僕の腕を引っ張った。

「ああ、その前にお好み焼きと焼きそばを食べる！」

元気を取り戻したユーちゃんの足取りが早くなる。

「随分と現金だなぁ、さっきまで死にそうな顔をしてたくせに。まっ、良かったな」

ケロが呆れた顔でつぶやく。

「けど、本当に四人もって、どういうことなんでしょう？」

僕が尋ねるとケロは首を傾げた。

「さあな。おみくじを補充したばっかりだったとか、よく混ざってなかったとか……。いずれにしても滅多にないことだとは思うけどね。きっと、みんなにとって良い一年になるよ」

「ですね……」

ユーちゃんが屋台の前で手を振った。

「ほら、ケロも蓮も早く！　今日はね、ぜーんぶ私の奢り。好きなのを食べていいよ」

「へぇ、それは太っ腹。じゃあ、俺はチョコバナナがいいなぁ」

「えっ、チョコバナナ！」

僕と葵ちゃんが顔を見合わせる。

「なんだよ、チョコバナナ、美味いじゃん……。なかったらクレープかなぁ」

「うわー、キャラに合わないチョイス。まあいいや、スイーツっぽいのは、あっちにありそうだよ」

　ユーちゃんがケロの顔を指さして笑う。

「あのね、滅多に食べないものを食べるところなの屋台ってのは。分かってないなぁ」

　どう考えても無理のあるケロの言い訳にみんなが笑う。

　こうやってワイワイ言いながら、誰かと屋台巡りをするのは、何時以来だろう。多分、中学生のころの夏祭りが最後だと思う。

　しんしんと冷え込む中野は新井薬師の境内。けれど、僕は温かな空気に包まれたような心地よさに酔っていた。

「なんか、今年も良いことがありそう……」

「えっ、何か言った?」

　独り言を零した僕を葵ちゃんがふり返る。

「いや、何でもない」

「なんだ……。あっ、たこ焼き！　たこ焼き一緒に食べよう。こんな時間にひとりで全部食べちゃったら太りそうだから。半分食べてよ」

　葵ちゃんがそう言うなり「ひとつください。あっ、マヨネーズましましでお願いします！」と注文した。

「マヨネーズましましって、半分こにする意味がないんじゃない?」

「いいの！」

＊＊＊＊

十二月三十一日（木）　天気：曇り　　記入：蛙石倫次

大晦日。薬師湯は今日も通常営業。普段通りに片付けて掃除をしてから、年越し蕎麦をいただく。オカミさんの蕎麦は何時食べても美味しいけれど、これが年越し蕎麦だと思うと、なんだか感慨深い。果たして、来年も薬師湯で年越し蕎麦を食べているだろうか？　そんなことが頭を過《よぎ》った。

一段落したところで、ユーちゃんに付き合って居候組四人で初詣にでかける。北野神社に参拝してから新井薬師へ。

昨年、三回連続で大凶を引いたユーちゃんが「リベンジ！」と意気込む。付き合って全員引いたところ、驚いたことに四人とも大吉！　本当かよ？　と思ったけれど、きっと良いこと尽《ず》くめの一年になるのだろうと思った。

機嫌がメチャクチャ良くなったユーちゃんの奢りで、屋台で買い食いを楽しむ。何時以来だろう？　チョコバナナやソースせんべい、あんず飴を食べたけど、どれもメチャクチャ甘い。正直、こんな味だったっけ？　と驚いた。
食べずに思い出の味のままにしておけば良かったかな？　と少しばかり後悔した。

結び

「みんな、ちょっと残ってもらっていいかな」

ケロは何時になく神妙な顔つきだった。今日は二月の第一月曜日。定休日とあってみんなそろっての夕食を楽しんだばかりだった。

オカミさんは普段通りに食後のお茶の用意をしながら「ほら、葵ちゃんと蓮君も座って」と促した。普段なら「えーっ、何？」と、真っ先にリアクションの声をあげるはずのユーちゃんが大人しく座っているのに違和感を覚えた。よく考えてみれば、夕飯の間も、いつになく口数が少なかった。

「何？　随分とあらたまって」

葵ちゃんが首を傾げる。

「うん、あの……、俺、薬師湯を出ることにした」

一拍ほど間があっただろうか。葵ちゃんが「えーーーっ」と叫んだ。

「葵のそんな反応を見てしまったら言い難くなったけど、私も卒業することにした」

ケロの隣に座っていたユーちゃんがポツリと言った。

「えっ、えっ、え？　何？　何がどうなってるの」

葵ちゃんが二人の顔を交互に見る。オカミさんは黙ったまま深く頷いた。

「まあ、落ち着いて」

淹れたばかりのお茶を皆に配りながらオカミさんが小さく首を振った。

「オカミさんは知ってたんですか？」

僕は湯呑みを受け取りながら気になったことを口にした。

「うん、先週聞いた。二人それぞれ別々に」

さっきから黙ったままのシゲさんに僕は視線を送った。

「俺は知らなかった。お前と一緒で、今はじめて聞いた」

シゲさんはお茶をひと口ほど啜《すす》ると、言葉を続けた。

「まあ、けど、これまでに何人もの寮生を見てきた経験で何となくだけど、そろそろ出て行くんだろうなってのは察してた。ケロにしても、ユーちゃんにしても」

「でっ、でも、二人して出て行くなんて。まさか、結婚とか？」

僕はケロとユーちゃんの顔を交互に見つめた。不意にケロが腹を抱えて笑い出した。

その横でユーちゃんも笑っている。

「……はぁ、蓮ってやっぱ面白い。そんな風に思う人がいるなんて想像もしなかった」

「そうだよ！……そりゃあ、アーティストとしては尊敬するけど、ケロと私が結婚なんてしても絶対に上手く行かないよ、きっと」

二人があんまり笑うので、「うーん、そんなに変？」と僕は唇を尖らせた。

「ところで、出て行って何をするつもりなんだ？」

シゲさんがケロを真っ直ぐ見すえた。

「ニューヨークに行く」

「ニューヨーク？」

ケロの答えに僕と葵ちゃんの声が重なった。

「うん」

ケロ曰く、中野駅前大盆踊り大会が切っ掛けとなり、その伝手《つて》で知り合ったアーティストから誘われているそうだ。

そのアーティストは、砂丘や田畑、牧場などの広大な土地をカンバス代わりに、砂や土、干し草などの天然素材だけを用いて、世界平和や格差是正、自然環境保護といった社会性の高いメッセージを訴える巨大絵画を制作し、ドローンで撮影しては世界中に配信する活動をしているという。大掛かりなパフォーマンスなだけに、大勢のスタッフを必要とし、世界中から有望な若手が集められているという。

「何ができるかなんて、さっぱり見当がつかないし、俺みたいなのが果たして通用するか分からないけど……。実はずーっと迷っていたんだけど、初詣で引いたおみくじに『迷わず進め』って書いてあったんだ。で、まあ、思い切ってみようかなって思ったわけ」

　ケロは誘ってくれたアーティストの公式ホームページにアップされているパフォーマンス動画をスマホで見せながら説明してくれた。

「芸術について何か意見できるほど俺は詳しくない。でも、チャンスだと思うんなら行ってみたらいい。なに、ダメだったら帰ってくればいいだけさ。まだまだ若いんだから、後先考えずにやってみたらいい」

　シゲさんは腕組みを解くときっぱりと言った。

「私なりに調べたり、詳しい人に聞いてみたけれど、ケロちゃんに声をかけてくれた人は、その世界では有名な人みたい。でも心配と言えば心配だけど……。何と言ってもケロちゃんが自分で決めたことだから、尊重してあげたいって思うの」

　ケロはオカミさんに深々と頭を下げ「ありがとうございます」と小声で言った。普段なら「あっ、流石《さすが》はオカミさん！」とか「でしょ？　あざーっす」と軽く流すだろうに、何時になく神妙だった。

「で、ユーちゃんは？」

　シゲさんが促す。

「うん。じゃなくて、はい。えーっとね、日本を離れてアメリカはニューヨークに渡るっていうケロに比べるとしょぼいけど、私はマレーシアに帰ることにした」

「えっ？」

葵ちゃんが絶句した。普段なら「えーーーっ、そんなのヤダー」と大騒ぎするところだが、余程に驚いたのか言葉が続かない。

「けど、声優の仕事は？」

僕がそう尋ねると、ゆっくりと皆を見渡してからユーちゃんは口を開いた。

「うん、日本での声優活動は見切りをつけることにした。……実は黙ってたんだけど、年明け早々に大きなオーディションを受けたんだ。でも、採用されなかった。せっかく、おみくじで大吉を引き当てたのに、肝心なオーディションでは結果がでなかった」

ユーちゃんは涙をたたえ、それは今にも零れ落ちそうだった。

「事務所の先輩にも相談したんだけど、やっぱり日本語ネイティブの役を獲得するのは相当難しいって結論になった。考えてみれば、これまでに採用された役柄は留学生だったり、帰国子女だったり、どこか危なっかしい日本語を話す役ばっかりだった」

ケロがティッシュの箱を取るとユーちゃんに手渡した。「ありがとう」と礼を言うと、盛大な音を立てて洟をかんだ。

「でもね、声優としての活動を諦めた訳じゃないよ。マレーシアに帰って続けるつもり。曲りなりにも、日本でプロとして活動した実績があるから……。日本語を操る声優としては一番になれなかったけど、マレー語とか他の言語でならトップになる自信はあるの。なんせ吹き替えの仕事はマレーシアにもあるからね。だから、向こうに帰ったら自分で声優事務所と養成所を作って社長になる。社長兼トップ声優として活躍して、行く行くは世界に通用する長編アニメをマレーシアで作れるようにするつもり」

ユーちゃんは隣のケロの肩を叩いた。

「ケロ！　勝負だからね。あんたがビッグネームになるのが先か、私の作品が世界中に配信されるのが先か競争よ。負けた方は、そうだなぁ……、八段ソフトを奢るってのはどう？」

ユーちゃんが言った『八段ソフト』とは、中野ブロードウェイの地下にあるスイーツショップの名物で、バニラ、チョコ、ストロベリー、カフェオレ、バナナ、葡萄《ぶどう》、抹茶、ラムネという八つの味が一度に楽しめる特大サイズのソフトクリームのことだ。

「おーっ、言ったね？　いいよ、なんなら、ここにいる全員に奢るってことにしよう」

ケロが即答するとシゲさんが「世界を股にかけた勝負の割に、景品は随分と中野ローカルだな」と首を振った。その言い草にみんながつられて笑った。お通夜のような雰囲気がちょっと明るくなった。

「けど、勤め先は大打撃ね。ユーちゃんみたいな色んな国の言葉が話せて、コスプレまでしてくれる看板娘がいなくなる訳だから」

葵ちゃんがボソッと言った。

「あっ、それはね、大丈夫。うちの会社、海外進出を強化する方針があって、私がマレーシアに帰るって報告したら社長が『じゃあ、向こうで支店を出しなよ』って言ってくれたの」

「へぇー」

今回ばかりは僕だけでなくみんなも一緒になって間の抜けた相槌を打った。

「でね、あっちで現地法人の社長兼店長になるの」

「えっ、ちょっ、ちょっと待って。自分でも声優事務所と養成所を作るんだよね？　その上、サブカルショップの社長もやるの？」

葵ちゃんが慌てた声をあげた。

「大丈夫、私にとって日本は外国だけど、マレーシアは故郷だから。手が足りなくなったら友だちに声をかけて手伝ってもらう。うん、そう、ここで葵やケロ、蓮に助けて～！　って悲鳴をあげてジタバタしたみたいにね」

「嘘ばっかり。いっつも助けてもらったのは私じゃない……。もう！　本当に困ったら連絡をちょうだいよ。すぐに飛んでくから」

葵ちゃんが立ち上がるとユーちゃんの背中に抱き着き、そのまま泣き出した。すると、ずっとこらえていた涙をユーちゃんは零した。

二人の様子をじっと見つめながらシゲさんが口を開いた。

「そうだな、直ぐに連絡をよこすんだぞ。なんなら俺が助けに行く」

きっぱりと断言したシゲさんにケロが笑いかける。

「えーっ、シゲさん、パスポート持ってないでしょ？　それに飛行機は苦手だって言ってなかったっけ？」

すかさず何時もの調子に戻ったケロがつっこむ。

「ぱっ、パスポートぐらい、明日にでも申請に行くよ。それに飛行機だって国際線はサービスで酒が出るらしいじゃないか。二、三杯ひっかけて寝てしまえば、起きたころにはマレーシアに着いてる」

心なしか引きつった顔でシゲさんが見得を切った。

「……シゲさん、ありがとう」

しんみりとした声でユーちゃんが言うと、「よせよ」とシゲさんは首を振った。

「けど、本当に日本での声優活動に見切りをつけていいの？　未練とか後悔はない？」

オカミさんが姿勢を正してユーちゃんに向き直った。

「……うん、まったく何も残ってないと言えば嘘になるけど。でも、色々と考えて今回の決断はしたから」

ユーちゃんは座っていた席から立つと、そこへ葵ちゃんを座らせ、その肩に手を置いて話を続けた。

「もう半年近くも前になるのかぁ……。あのね、私、中野駅前大盆踊り大会のMCをやって気が付いたんだ。私という人間は周りの人が喜んでいる姿を見ることが、笑顔を見ることが本当に好きなんだってことに。打合せにリハーサル、それに二日間の本番と、どれもすっごく大変だったけど、みんなから『良かったよ!』とか『楽しかった!』って言ってもらえてとっても嬉しかった。で、声の仕事にこだわらずにチャンスがあるならあれこれやってみて、もっともっと、大勢の人に喜んでもらえるようにするのもいいかな? って思ったんだ」

そこまで一気に話すと両手で葵ちゃんの肩を揺すった。

「多分だけど、これを気づかせてくれたのは葵だと思う。あなたが一生懸命に私のヘアメイクをしてくれている表情を見て本当にきれいだな、格好いいなって思った。誰かのために何かをして、それを喜べる人に私もなりたいなって思ったんだよ」

そのまま誰も口を開かずにしばらく黙っていた。シゲさんはきつく口を結び、目を真っ赤にしていた。オカミさんは両手で顔を覆い、洟をすすっている。ケロは放心したように背もたれに体を預け、葵ちゃんとユーちゃんをじっと見つめていた。気づけば僕の両頬も濡れていた。

次の日からケロとユーちゃんは旅立ちの準備をはじめた。二人とも行き先が海外とあって、極力荷物は少なくしたいという思惑があるようで、時季外れの大掃除のような大騒ぎだった。

ユーちゃんの部屋を埋め尽くしていた大量の漫画やDVD、コスプレ衣装、フィギュアなどは、勤め先のサブカルショップが買い取ってくれるそうで、それらをお店まで持って行くために僕は荷詰をしたり、リアカーを引くなどの手伝いをした。

「それにしても、これだけの物が、よくこの小さな部屋に納まってたね」

「自分でもそう思った。むしろ、この広さだったから、この程度で済んでたのかも。広い部屋に住んでたら、もっと大変なことになってたと思う」

僕はユーちゃんの指示に従って品物ごとに段ボール箱に詰めた。本やDVDは重たいので、なるべく小さな箱に詰め、フィギュアなどは一つひとつを丁寧に梱包材《こんぽうざい》で包んでから、大きめの箱に仕舞うなど、結構な手間だ。どうやら、次にその品を手に取ってくれた人のことをユーちゃんは考えているようだった。

引っ越し先で荷物を解くのはワクワクするけれど、荷物を詰めるのはちょっと寂しい。ましてや持っては行けない物を処分するための作業は、その品物一つひとつに思い出がある場合、とても辛いだろう。だからだろうか、ユーちゃんは作業をしているあいだ、ずっと何かを話して、一生懸命に落ち込みそうな気分を無理矢理引っ張りあげているように見えた。

「うわー、こんなの出てきた」

机の引き出しから、何枚か写真が出てきたようだ。思わず駆け寄って覗き込む。

「えっ？　これ、ユーちゃん？」

写真には地味なスーツを身に纏ったショートカットの女の子が写っていた。

「そうだよ」

髪は真っ黒で化粧っ気もなく、まるで東京を訪れた修学旅行生みたいだ。

「日本に来たばかりのころね」

「こんなに清楚《せいそ》だったんだね。もちろん、今のユーちゃんも素敵だと思うけど、こういったナチュラルな雰囲気もいいね」

ユーちゃんは小さく首を振った。

「そろそろコスプレもしんどくなってきたから、レイヤーを引退しようかなって思ってはいる。それに、会社経営をするとなると、お堅い人たちとも付き合わないとダメだから、見た目もその人たちからの信用を獲得できる程度には真面目にしないとね。まあ、髪の毛も思いつく限りの色は全て試したから、もういいかな。むしろ黒髪の方が新鮮だったりして？」

「確かに」

ユーちゃんは写真を手帳の間に挟むと、不意に笑った。

「こうやって、何か見つけるたびに手を止めてたら、何時まで経っても終わらないね」

「引っ越しの準備とか、部屋の片付けって、そういうもんでしょう?」

「まあね」

ふと、部屋の隅にいくつもの冊子が積んであるのに気が付いた。それは台本だった。

「これも処分しちゃうの?」

「うん。教材として使えそうなものはマレーシアに送るけど、全部は無理だから。本当はそれもうちの店で買い取ってくれるんだけど、ちょっとね。本放送は済んでるとはいえ、関係者外秘だから。あとで釜場に持って行って、シゲさんに燃やしてもらおうと思って」

「本当にいいの? 時間はかかると思うけど、船便とかで送る方法もあるよ」

ユーちゃんはちょっと考え込むように俯いたが、少しすると小さく首を振った。

「ありがとう。でも、もういいの」

そう応えると、積んであった台本をビニール紐《ひも》で縛り、廊下へと出した。

結局、漫画やDVDだけでリアカー三台分、さらにコスプレ衣装とフィギュアでそれぞれ一台分もの段ボールになった。

都合五往復するのに、たっぷりと三時間かかった。全ての荷物をお店に預けた帰り道、空になったリアカーの荷台にユーちゃんを載せて中野通りを進みながら話をした。

「あまりくわしくないからよく分からないけど……。けっこうな額を注ぎ込んでたんでしょ？　フィギュアとかコスプレの衣装って。それに漫画も『初版本が随分ある』ってお店の人も言ってたけど、あれ貴重なんでしょ？　もったいない」

「うーん、今さらそんなことを言わないで欲しいなぁ……。って、もう売っちゃったから、どうしようもないけどね。多分だけど、フィギュアなんかは値札が貼られて早速店頭にならべられてると思うし。場合によったら、新しい持ち主にお持ち帰りされてるかもね。それはそれでいいの。大事にしてもらえる人のところへと行ったのであればね」

ちらっと後ろを振り向くと、ユーちゃんはじっとどこかを見つめていた。

「私、サンプラザって大好き。これが、あと少しで取り壊されちゃうのは本当に残念」

僕はリアカーを道端によせて立ち止まった。

「サンプラザって変わった形だよね。あっ、でも、よく考えてみたら建物の中に入ったことはないなぁ」

「えーーっ、マジ？　もったいないなぁ。二十階だったと思うけど、レストランがあって景色を楽しみながら食事ができたんだよ。私はお店の人と何度か行ったことがある。ディナーだと夜景が綺麗で味も良かったと思う。まあ、値段はそれなりで、けっして安くはないけど。行く価値はあったよ」

「ふーん」

僕はまたリアカーを引きながら歩き始めた。

「けど、確かにサンプラザがなくなっちゃうのは、ちょっと寂しいかも。僕もサンドイッチみたいなビルだなって、電車の中から初めて見た時に思ったのをよく覚えてる。中野のランドマークなのにね」

「まあね。けど、中野サンプラザが取り壊されても、私たちの心には何時までも残ってる訳だし。それに、跡地には新しいビルが建つらしいから。……いいことだよきっと、中野にとってはね。スケールは違うけど、私が大事にしてきた漫画やフィギュアをきれいさっぱり手放すのと同じようなものかもね」

僕は返す言葉がみつからず、黙ってリアカーを引いた。

早稲田通りを通り過ぎる直前、ユーちゃんが急に立ち上がった。僕は慌ててリアカーを停めた。

「わたしマレーシアに帰るねーーー。じゃあねーーー、バイバーーーイ」

ユーちゃんは中野サンプラザに大きく手を振った。その横顔はとても朗らかだった。

「ごめん、急に立ち上がって。さっ、出発進行！」

ユーちゃんは荷台に座り直すと元気よく号令をかけた。

ケロの部屋もユーちゃんに負けず劣らず雑多なものであふれ返っていた。どうするつもりなのかと少し心配したけれど、ケロはアーティスト仲間や友人を日替わりで部屋に呼び、相手が欲しいと言ったものを次々と引き取ってもらっていた。そう言う僕もTシャツとデニムを何枚かもらった。もっともパンツなどはかなりロールアップしないと穿けそうもない。あらためてケロのスタイルの良さに圧倒される。

不要な物の処分にだいたい目途《めど》がついたある日、僕が釜場を手伝っているとケロが二階から降りてきた。手には中身がパンパンに詰まった紙袋がいくつもあった。

「どうした?」

しゃがんで釜の様子をみていたシゲさんが立ち上がった。

「うん、頼みがあるんだ」

ケロは紙袋をコンクリートの三和土《たたき》に降ろすと、そのうちの一つの中身をぶちまけた。

それはカンバスに描かれた油絵や木彫だった。

「これまでに作ったものなんだけど。どれも中途半端な仕上がりだから、これまで誰にも見せたことはなかったんだ……。処分したいんだけど、さすがにゴミ袋に入れて捨てるのは忍びなくてね。できたら、釜で燃やしたいんだ。悪いけど、少しばかり邪魔をさせてもらってもいいかな?」

シゲさんはひとつのカンバスを手に取った。それは抽象画のようで、何層にも塗り重ねたように見えるグレーのベースに白と黒で点や線が描かれていた。

「まあ、お前さんがやりたいなら止めねぇけど……。しばらく強めに焚かなきゃあならねぇから好きにしたらいい。けど、燃やしちまうのは惜しい気がするけどな」

シゲさんからカンバスを受け取るとケロは小さく首を振った。

「これは二十歳の時のものなんだ。一ヶ月ぐらい塗っては削り、削っては塗ってってって感じで、それなりに苦労したんだけど。でも、やっぱり何がなんだかよく分からない、自分でもね。ただ黒や白の絵具をこすりつけてあるだけ」

そこまで話すと取り出したカッターの刃をカンバスに突き刺し、一気に斜めに切り裂くと、返す手で十字になるように切り込みを加えた。カッターをポケットに戻すと、軍手をした手で乱暴にカンバスを毟《むし》り、剝き出しになった木製フレームを踏みつけてバラバラにすると、しゃがみ込んでカンバスと一緒に釜へ放り込んだ。カンバスの絵具に火が燃え移ったのか、炎が強くなり真っ赤な灯《あか》りがケロの横顔を照らした。

続けて手に取ったのは三十センチほどの大きさの木彫だった。モチーフは母子だろうか、子どもを愛《いと》おしそうに抱いている女性に見えた。

「それも燃やしてしまうの？　もったいない。よかったら僕に譲ってくれない。ケロとの想い出にとっておきたいんだ」

ケロは僕をちらっと見やると、手にしていた木彫をそっと撫でた。

「悪いけど、それは勘弁して欲しいな。記念の品ならTシャツとかをあげたじゃない。なんなら、残っているものでよければいくらでもあげるよ。そうだアクセサリーなんかどう? まだ、結構残ってるんだ。蓮が欲しいものをどれでもあげるよ。でも、中途半端な出来損ないは、この世に残しておきたくないんだ」

「……出来損ないだなんて。不器用な僕からみたら、十分に上手だと思うけど」

ケロは木彫をじっと見つめた。

「出来栄えが悪いから出来損ないって呼んでる訳じゃないんだ」

何か相槌でも打つべきところだろうけど、何時もながら言葉が出てこない。シゲさんも、じっと僕たちを見つめているだけで口を挟まなかった。

「これは、さっきの油絵を描いた少し後に作ったものだと思う。ある作家の個展を見る機会があってね、それに触発されたんだ。いや、触発なんて格好の良いものじゃない、『あの程度なら俺でも作れる』って真似てみただけ」

僕とシゲさんをチラッと見やると、手にしていた木彫を釜の中へと放り込んだ。

「そのころ……、いや、正直に言うと、つい最近まで、俺はどうやったら売れるのか、何をすれば人の目を惹《ひ》くのか、そんなことばかり考えてた。売れている人、評判の人、人気がある人、とにかく目立ってる人の作品を見ては、それを真似るようなことばかりしてた。でも、その作風にたどり着くまでの紆余曲折がない、ただの模倣《もほう》なんて、誰の心にも響かないよね？　そんな当たり前のことは、幼稚な俺の頭でも分かってはいたんだ。……でも、何をすれば良いのか分からなかった」

　シゲさんは「分かるような気がするな」と小さく呟いた。

「偉そうなことは言えないけれど、俺の歌も似たようなものさ。コピーはできる、なんならオリジナルの歌手よりも上手に歌える。でも、それでは人の心に何かを届けるような歌にはならない」

　じっと炎を眺めていたケロが深く頷いた。

「なあ、ニューヨークとやらに、お前が探しているものがあるといいな」

「あるのかな……。もっとも、あるとしたら俺の心のどこかにあるはずだから、それを見つける切っ掛けぐらいは見つかるといいんだけど」

「そうだな」

　ケロはゆっくりと立ち上がると、シゲさんに向き直った。

「ねえ、頼みがあるんだ」

「なんだよ、今日は頼みごとばかりだな」

　シゲさんが普段の調子で軽く応えた。

「餞《はなむけ》に一曲歌ってくれないかな。知ってるんだよ小さなギターを釜場に置いてるの。時々、歌ってるでしょう？　それに気分任せだろうけどハーモニカも吹いてる。あれもいいよね。シゲさんの曲を最後に聞いておきたいんだ」

普段、ふざけたことばかりを言い合っている二人が、黙ってお互いを見つめている。

「……分かった」

シゲさんは釜場の隅に置いてある古い事務机の引き出しから小さなベルベットの袋を取り出した。続けて、どこに置いてあったのか、バイオリンぐらいの大きさのケースも。そのケースからは、少し変わった形の弦楽器が出てきた。どうやらケロが言っていたギターのようだ。

ベルベットの袋からはハーモニカが出てきた。それをシャツの胸ポケットに入れると、シゲさんは椅子に腰かけ、ギターを少しばかりチューニングした。

「あんまりじっと見つめないでくれよ。恥ずかしいじゃないか」

「ごめん……、じゃあ、俺はシゲさんの歌を聞きながら、持ってきたものを釜に放り込んでしまうよ」

シゲさんは小さく頷くと、ハーモニカを取り出し、そっと吹いた。その哀《かな》しい音色に合わせるようにして、ケロは紙袋の中身を焚口にくべ始めた。

前奏がわりのハーモニカに続き、抑えめにつま弾かれたギターの調べに乗ってシゲさんの静かな声が釜場に響いた。多分、詞も曲も即興だろう。

ケロが焚口へと放り込む作品の多くは油絵具やラッカーなど、可燃性の材料を大量に使っているからか、釜から漏れる炎の音は意外と大きかった。その、ごうごうと燃える音が、ベース代わりとなってシゲさんのギターと調和する。

やさし気な声が静かに語る。ケロが薬師湯に来てからの日々を、躓《つまず》きながら、もがきながら、必死になって立ち上がり、前を向いて歩こうとした日々のことを。その声は少しばかり震えているように聞こえた。きっと、歌手になる夢を追いかけていたシゲさんには、ケロの苦しみや哀しみがよく分かっていたのだろう。

一拍ほど間が開くと、ギターの音が少しばかり力強くなった。

「さぁ、歩け、歩き出せ。休むことなく歩きつづけろ……。
歩け、歩け、歩け……、闇が途切れ、光が差し込むまで。
歩け、歩け、歩け……、お前が目指すべき、何かが見えるまで。
さぁ、走れ、走り出せ。休むことなく走りつづけろ……。
走れ、走れ、走れ……、誰にも負けない速さで、光のように。
走れ、走れ、走れ……、お前が目指した、夢にたどり着くまで。
さぁ、飛べ、飛び出せ。地の果てまで飛んで行け。
飛べ、飛べ、飛べ……、お前が目指した、星に向かって。
飛べ、飛べ、飛べ……、お前が星となって輝く夜空へ。
歩け！　走れ！　飛べ！

歩け！　走れ！　飛べ！
歩け！　歩け！　歩きつづけろ
走れ！　走れ！　走りつづけろ
飛べ！　飛べ！　飛べ……、飛んで、ゆけ」

ギターがフェードアウトして曲が終わり、炎の音だけが残された。ケロの頰には汗なのか涙なのか分からないけれど、一筋の雫がすっと滑り落ちた。じっと焚口を覗きながら、ゆっくりりと手を叩いた。

「ありがとう」

「……ああ」

シゲさんは短く応えると、立ちすくむ僕の肩をそっと叩き、ギターとハーモニカを丁寧に仕舞った。

「すまんが、少し用を足してくる。しばらくの間、釜の面倒を頼んだぞ」

そうケロに告げると、静かな足取りで釜場から出て行った。慌てて後を追うと、シゲさんの肩が小さく揺れていた。

ふり向くと焚口から漏れた炎がケロの顔を照らしていた。

＊　＊　＊　＊　＊

二月二十四日（水）　天気：晴れ　　記入：鈴原京子

ケロちゃんとユーちゃんがそろって薬師湯から卒業。相談して出て行く日を決めた訳ではないと言ってたけれど、いっぺんに二人もいなくなるなんて寂し過ぎる。

昨晩は湯船や洗い場の掃除の後に、フロントに集まって少しばかりお酒を飲んでケロちゃんとユーちゃんの前途をみんなで祝した。

驚いたことに、ユーちゃんはスーツケース一つ、ケロちゃんは少し大きめのリュックしか荷物がないとか。部屋からあふれんばかりにたくさんの洋服や本などを持っていたはずなのに、一ヶ月ちょっとで全部処分したそうな。

朝ごはんはユーちゃんのリクエストで鯵《あじ》の干物に出汁巻き卵、豆腐とわかめの味噌汁、ほうれん草のお浸しと純和風に。食べながら何か話をしなきゃと思うけれど上手く言葉にならない。その後、みんなで中野駅まで見送りに行く。見えなくなる二人の背中に思わず涙が零れてしまった。

戻ってきて、二人が出た部屋に雑巾がけをしにいく。何時ものことだけれど、主《あるじ》のいなくなった部屋はガランとして、ぼんやり眺めていると、ただただ寂しさばかりが募るのでした。


「お花見の日程を決めたわよ」

ケロとユーちゃんが出て行ってしばらくしたころ、朝ごはんを食べているとオカミさんがカレンダーに何かを書き込みながら僕たちに声をかけた。

「何時もより少し早いかな?」

葵ちゃんがお味噌汁をすすりながら壁のカレンダーを眺めた。

「いや、まあ、例年とほぼ一緒ぐらいじゃないかな」

シゲさんが納豆ご飯をかき込みながら答える。

「でも、今年の現役生は葵ちゃんと蓮君の二人だけだから、ちょっと寂しいわね。なるべく大勢の卒業生が来てくれるといいけど」

お茶の準備をしながら小さな溜め息をついたオカミさんが言葉を続けた。

「ねぇ、ふたりとも、誰かいい人がいたら紹介してよ。二部屋も空きっぱなしなのは、やっぱり寂しいから」

「うーん……、なんか思い込みなんでしょうけど、住み込みで働くっていうのが、どうもイメージが悪いみたいで」

お代わりのご飯を自分でよそいながら葵ちゃんが零した。彼女はゲンコの紹介で、なかば無理矢理に近い形で薬師湯に入ったそうだ。

「僕も声をかけようかと思う人がなかなかいなくて……」

言い訳がましいけれど、学校の友だちや知り合いは、みんな寮に入っているか一人暮らしをしている訳で、いまさら薬師湯に来ない？　と誘っても興味を示しそうな人はいない。

「まあ、のんびり探しても構わないが、その分、お前らが二人分働くんだぞ」

シゲさんが箸を置きながら僕らをちらっと睨みつけた。

「はあーい」

僕と葵ちゃんは声を合わせて返事をした。

「まあまあ、そんなに焦らなくてもいいわ。シゲさんはああ言ったけど、忙しい時は何時もみたいに常連さんに手伝ってもらうし。とにかく、二人が『この人となら一緒に働ける、一緒に暮らせる』って思う人にしてちょうだい。あなたたちがそう思う人なら、きっと良い人だから」

オカミさんが朗らかな表情で僕たちの顔をじっと見つめた。

「……けど、ケロやユーちゃんみたいな人なんて、そうそういませんよ。どうやって探せばいいのか、僕にはさっぱり分かりません」

気が付けば僕の口から弱音が零れ落ちていた。

「なんだ、その情けない顔は……。『犬も歩けば棒にあたる』って言うだろ？　大学と薬師湯の往復ばかりしてないで、ちょっとは方々に出歩いたらどうだ。せっかく中野に住んでるんだ、新宿なんて隣街みたいなものだし、地下鉄を使えば日本橋《にほんばし》や大手町《おおてまち》のようなところにだって一本で行けるんだ。ちょっとは広い世間ってやつを見てきな」

オカミさんが淹れてくれたばかりのお茶をすすりながら、シゲさんが諭した。続けて

「葵ちゃん、お前さんもだぞ。ブロードウェイで何でも事足りるってのは分かるけどさ」

と言い足した。僕と葵ちゃんは顔を見合わせると、二人してうーんと唸った。

玄関を出ると、オカミさんが掃き掃除をしていた。

「あら、いってらっしゃい。気を付けてね」

「行ってきます。二時ごろには戻りますから、開店準備も手伝えると思います」

箒を壁に立て掛けると、オカミさんは曲がっていた僕の襟を直してくれた。

「傘、持った？　天気予報だと午後から降るかもしれないって。大丈夫だとは思うけど、持って行った方がいいんじゃない？」

そう言うなり玄関へと取って返し、折りたたみの傘を差し出してくれた。

「はい、これ、持って行きなさい」

「ありがとうございます」

オカミさんはにこやかな笑みを浮かべた。

「ケロちゃんだったら『サンキュー！』って軽い返事だったけど、蓮君はいつまでも真面目ね。まあ、そこが良いところなんだけど」

「……はぁ」

「ね、今日が何の日か覚えてる？」

オカミさんは僕の目をじっと見つめた。

「うーん……、何でしたっけ？」

「いやねぇ、覚えてないの？　蓮君がケロちゃんに連れられて初めてここに来た日よ」

「えっ！　あっ、そうかぁ……。すみません、忘れてました」

オカミさんは小さく舌をだした。

「種明かしをするとね、さっきシゲさんから教えてもらったのよ。シゲさん、時々、雑記帳を読み返して教えてくれるの」

「へぇ……」

そんなことは全然知らなかった。けれど、思えば食堂で話をしていると、シゲさんは

「去年の今日はケロが泥酔《でいすい》して帰って来て、部屋まで担ぎ上げるのが大変だった」とか「三年前から、今日は俺にとって『コスプレの日』なんだ。なんせ、ユーちゃんが変テコリンな格好で食堂に入ってきてビックリした日だからね」といったエピソードを教えてくれた。

そのまま話をしながらオカミさんは薬師湯の外まで見送りにきてくれた。薬師あいロードの角でふり返ると箒を手にして立っていた。軽く手を挙げると、オカミさんは手を振ってくれた。

少し歩くと、開店直後のパン屋さんからゲンコが出てきた。

「おはようございます」

「あら、おはよう。なんか久しぶりね」

ゲンコはこちらをちらっと見やると、そのまま僕の周りをぐるっと一周した。何も知らない人がこの様子を見たら、怪しい人に絡まれていると思うに違いない。

「へーえ、随分と垢抜けたわね。一年でそんなに洗練されるなんて、薬師湯って凄いわね。京子は一体何をあんた達に食べさせてるのかしら? やっぱり朝はパンじゃなくてご飯とお味噌汁だったりするの?」

「ええ、まぁ……」

ゲンコは「そっか!」と名案が浮かんだといった様子で手を叩いた。

「ねぇ、『二部屋空いてる』って葵から聞いたけど。あれ、まだ埋まってないんでしょう？　だったら、そこに私が入ろうかなぁ。そうすれば京子の手料理を毎日食べられる」

「えっ！　げっ、ゲンコさんがですか？」

「あら、ダメ？　私も独り暮らしだもの。お隣さんにしてよ」

絶句していると、不意にゲラゲラと笑い出した。

「冗談に決まってるじゃない。なんで同級生が経営する銭湯に居候しないといけないのよ！　だいたい、従業員と同じところに住むだなんて、気が休まらないじゃない。ああ、葵も緊張するのかもしれないけど、私だって嫌よ。従業員の前では、ずーっとカリスマスタイリストを演じ続けなければならないんだから。おちおちオナラもできないようなところで暮らすのなんて真っ平ごめんよ」

「……なーんだ」

思わず深い溜め息が零れてしまった。

「まっ、そういうことで、またね」

ゲンコはウィンクをすると、店の前に停めてあった自転車に跨り、颯爽《さっそう》とどこかへと消えていった。

その背中を見送ると、気を取り直して薬師あいロードを早稲田通りに向かって歩く。

いくつもの店がシャッターを上げ、開店準備に追われている。中野駅に向かうのだろう、道行く人の歩くスピードはとても速く、いまだに僕は追い抜かされてばかりだ。

早稲田通りを渡り、少しばかり進むと中野ブロードウェイが見えてくる。左に折れてブロードウェイに足を踏み入れる。こちらは、早い店でも大概は十時開店だからだろう、ほとんどのシャッターが閉まっている。その先のサンモールは薬局などが配送された品物を店内に運び入れる仕事を始めている。そのまま真っ直ぐに進むと朝日を浴びて明るく輝く中野駅が見えてきた。

一年前、ふと思いついて降り立った中野駅。ここでケロに声をかけられなかったら、僕はどこに住んで、誰と出会い、どんな一年を送っただろう。きっと、全く違う一年だったに違いない。

「すっ、すみません！」

ふと、声のする方を見てみると、リュックを背負った若い人が通り過ぎた背広姿に頭を下げていた。どう見ても背広の人が勝手にぶつかったようだが、若い人は何度も頭を下げている。

やっと人波に背広姿が飲み込まれると、その人は「ふぅっ」と深い溜め息をつき、手にしていたスマホの画面と周囲の様子を見比べていた。どうやら中野は初めてのようだ。

そう、まるで一年前の僕と同じように。

嬉しくなった僕は、午前中の授業を休むことにして声をかけた。

「ねぇ、君、このあと何か予定はある？」

中野《なかの》「薬師湯《やくしゆ》」雑記帳《ざつきちょう》　朝日文庫

2024年7月30日　第1刷発行

著　　者　上《うえ》田《だ》健《けん》次《じ》

発 行 者　宇都宮健太朗
発 行 所　朝日新聞出版
〒104-8011　東京都中央区築地5-3-2
電話　03-5541-8832(編集)
　　　03-5540-7793(販売)
印刷製本　大日本印刷株式会社

Published in Japan by Asahi Shimbun Publications Inc.
定価はカバーに表示してあります

ISBN978-4-02-265156-3
落丁・乱丁の場合は弊社業務部(電話 03-5540-7800)へご連絡ください。
送料弊社負担にてお取り替えいたします。